異形のものたち

小池真理子

角川ホラー文庫
22010

目次

面

見渡す限り、どこまでも果てしなく平らかな風景である。

一本の農道をはさんで、右も左も、前も後ろも、遥《はる》か遠くまで畑が連なっている。ところどころに電信柱が立っているが、開かれた風景の中にあるせいか、まったく目立たない。

畑と畑の間をうねうねと、細い道が延びている。前方、数十キロ先には小高い緑の、山とも呼べない隆起が並んでいるが、よく晴れた空の下、低い稜線《りょうせん》は周囲の風景に溶け去ってしまったように、ぼんやりと霞《かす》んで見える。

畑で作業している人の姿はない。車の影も見あたらない。猫一匹、歩いていない。

畑でできる作物はキャベツなのか、葱《ねぎ》なのか。かすかに風に乗って、堆肥《たいひ》のにおい、腐った野菜くずのにおいが漂ってくる。

道に沿って、目にもまぶしい緑の草がみっしりと生え、赤いクローバーの花が咲き乱れている。広大な畑のそちこちには、こんもりと生い茂る、似たような小さな雑木林が数ヵ所、点在している。松の木のある林である。

何故、畑の中にそのような小さな雑木林があるのか、わかっていない。かつて大人たちは、それらを「古墳の跡」と言っていた。近隣では、その昔、大小様々の古墳がたくさん発掘されたことがあるという。雑木林は、発掘された古墳の跡にいつのまにか自然発生したものだが、わざわざ伐採する必要もないのでそのままにしている、といったような話だった。

他には、「無縁墓の跡」という説もあった。といっても、主に地元の子どもたちが作り出した、埒《らち》もない噂話に過ぎない。林の中のどこをどう探しても、墓らしき跡が見つかったためしはなく、誰も本気にはしていなかった。

そのいくつかの小さな雑木林には、この季節になると決まって、ハルゼミが大挙して集まって来る。そういえば、毎年毎年、五月末から六月半ばあたりにかけて、この声を聞いていたっけな、と彼は懐かしく思い出した。

耳にしなくなって、もう、何年になるだろう。子どものころはセミの声を聞いても、セミ採りに行くことしか考えなかった。声そのものを味わうことなどなかった。

その懐かしいハルゼミが、今、狂ったように鳴いている。雑木林の面積は狭くても、それぞれに膨大な数のセミが集まるものだから、鳴き声はすさまじい。絶え間なく続いてやまない、無数の蛙の声にも似ている。

ハルゼミは、からだの小さな、羽の透き通った美しいセミである。数匹で鳴いているだけなら、ヒグラシの声にも似た、切なげな鳴き声になるが、集団ともなれば、儚《はかな》い姿かたちからは想像もできないほどの大声に聞こえる。あちらの木、こちらの木で、競うようにがなりたてる。まさにハルゼミの大合唱である。

彼はセミの合唱に耳を傾けながら、ゆっくりした足どりで古い農道の一本道を歩き続けた。セミの声に交じって、付近の木立で囀《さえず》る、何種類かの野鳥の声も聞き分けられる。遠くの山々を吹き過ぎてくる、風とも呼べない、空気のざわめきが感じられる。見上げた目に、青々とした空が映る。幾多の鳥の声は聞こえても、空を舞う鳥影は見えない。

地球上に、自分ひとりだけが取り残されたような感覚があった。それなのに、ひとつもさびしくなかった。気持ちのいい景色だった。気持ちのいい道だった。誰もいない、ということが、これほど気持ちがいいということを彼は忘れていた。

この、長い長い一本道はどこに続くのだったか。何ひとつ、覚えていない。彼は試みに、古い記憶をたぐりよせてみた。

どこか別の農道とつながっていたのだったか。そしてその農道を行くと、広い町道に出ることができ、さらにそれが、この田舎町の中心部に続くようになっていたのではなかったか。それとも、この先は、ただの突き当たりだったろうか。そこから先は、草木に被《おお》われた険しい崖《がけ》になっていたのだったか。

何もかもがおぼろだった。まるでその部分だけが、記憶の中から、すっぽりと抜け落ちてしまっているかのようだった。

だが、そんなことはどうでもいいことのように感じられた。気温も湿度もちょうどよかった。陽差しは強いが、汗をかくほどではなく、肌に触れる空気はこのうえなく気持ちがよかった。

このまま時間を忘れ、どこまでも歩き続けてしまいそうだった。そうしたかったが、彼は自分を戒めた。そんなことをしている時間などなかった。

帰りの特急列車のチケットは、来た時にすでに手に入れてある。一日に四本しか走らない特急列車である。午後三時三十八分発。それに乗り遅れたら、鈍行で大きな駅まで行って乗り換えるか、夜まで待って最後の特急列車に乗るしかない。いずれにせよ、そうなったら、東京の自宅に戻るのが深夜をまわってしまう。

明日は朝早くから重要な会議が控えている。何があろうが会社に出なくてはならない。会社の仕事に忙殺され、あくせく働くだけの毎日だった。仕事量が多く、責任を問われることばかりで、なかなか堂々と休みがとれない。週末の土日、丸々休むことすら叶《かな》わない時もある。

そんな中、死んだ母親の遺品整理、という理由で平日に二日間の休暇をとれたのは、めったに味わえない僥倖《ぎょうこう》と言えた。

彼の直属の女性上司の母親が、一年ほど前、病死した。身体のあちこちを悪くした母親を自宅に引き取り、公的サービスを使いながら面倒をみていたという独身の女性上司は、親の病気や死がからんできた時のみ、部下に理解のあるところを示すようになった。

機嫌の悪い時はつまらないことで部下たちに嫌味を言い、ことあるごとに叱り飛ばし、新入社員の若い男を泣かせたことすらある人物だったが、部下の口から、親、病気、介護、死、という言葉が出たとたん、人が変わったように優しく接してくる。

ただでさえ、遺品整理は大変なんだし、とその上司は彼に言った。まして、あなた、一人っ子だったわよね、やることがいっぱいあるでしょ、いいわよ、存分に時間を使って行ってらっしゃいよ、こっちのことは気にしないでいいから……。

嫌味も何も言われなかった。むしろ彼女は心底、彼に同情し、応援しているかのようだった。

彼は礼を言って二日間の休暇をとった。そして土曜日の午後、こちらに来て、日曜と月曜を遺品整理にあて、火曜のその晩、東京に戻ることにしたのだった。

帰路につく前に、荷物を置いたまま、亡き母の家を出てぶらぶら歩いて来たのは、なんとなく周囲の風景が懐かしくなったからである。昔とちっとも変わっていない。

彼は農道の途中で足を止め、来た道を振り返った。長く延びている道の先に、今しがた出てきた母の家を囲む木立は見えなくなっていた。家を出て、ほんの数分しかっていないように感じるのだが、思いがけず遠くまで来てしまったようだった。

彼は腕時計を覗《のぞ》いた。

時計の文字盤に、太陽の光が一斉に乱反射した。あまりのまぶしさに、文字盤の針が見えなくなった。

目を細め、姿勢を変え、改めて時刻を確かめようとした。その直後だった。身体の奥に、何か得体の知れない、冷たいものが流れていったような気がした。彼は腕時計から目を離し、こわごわ顔を上げた。

ついさっきまで、あれほど騒々しく鳴き狂っていたハルゼミの声が、止んでいた。いくら耳をすませても、セミの声はおろか、野鳥の声ひとつ聞こえなかった。風の音も、空気が流れる気配もしなかった。一瞬のうちに、一切が無音と化したように感じられた。

だが、目に映る光景に何ら変化はない。畑も、道も、咲き誇る赤いクローバーの花も、遠くに見える白いヤマボウシの花木も、丘も松林も、農道の足元を這《は》いまわる蟻の列も、そのままそこにあった。天候が急変したわけでもなかった。空はどこまでも水色で、太陽は少しも雲に遮られておらず、肌に感じる気温も湿度も、何もかもが同じだった。

彼は試みに咳払《せきばら》いをしてみた。自分の咳払いは咳払いとして、きちんと耳に届いた。耳が聞こえなくなっているのではなさそうだった。

ひどくいやな気分にかられた。腋《わき》の下にじわりと汗がにじみ出てくるのが感じられた。

ハルゼミの声がふと止んだくらいで、何をそんなに怯《おび》えなければならないのか。なんでもない、偶然なんだ、と彼は自分に言いきかせた。きっと、セミの集団を怖がらせるような大きな鳥が、そばを飛んでいっただけなんだ。セミは臆病《おくびょう》だから、一斉に声を潜めただけなんだ……。

だが、そう考えながら、彼はその時、すでにもう、それを目にしていた。

歩いて来た道ではなく、これから向かおうとしていた道、まっすぐ延びた農道の先に人影が現れた。初めは遠すぎて黒い豆粒のようにしか見えなかったが、すぐにそれが、和服姿の女であることがわかった。

白い小さな日傘をさしていて、顔は見えない。着物の色はごく淡い茶色。帯も似たような色づかいのもので、少しだらしなく着物の胸もとを開けて着ている。そんな細かなことまで認識できたのは、女の歩くスピードが異様に速く、どんどんこちらに近づいて来るせいだった。

だが、すべるように品よく歩いているからなのか、それとも目の錯覚なのか、ちっとも速足で歩いているようには見えない。それなのに、気がつくと、女はもう、彼の目と鼻の先まで来ていた。

日傘で顔が隠されている。足元は草履。だが足袋《たび》ははいておらず、素足である。年齢はわからない。ほっそりした小柄な女だった。

身につけている着物も帯も、いかにも古びている。博物館などで展示されている、傷んだ古い着物のようだ。それなのに、小さな日傘だけが白く真新しい。

彼は身じろぎもせずに突っ立ったままでいた。女は、彼がそこにいることに全く気づいていない様子だった。少なくとも、すれ違いざま、挨拶《あいさつ》したり会釈したりしてきそうな気配は、みじんもなかった。

地面を草履が踏みしめる足音が聞こえない。着物も衣擦《きぬず》れの音をたててはいない。何のにおいも、何の空気のそよぎも感じない。

なんだ、これは、と思ったその時だった。彼の目の前で、白い日傘が大きく後ろ側に傾けられた。まるで日傘が、一陣の風にあおられたかのようだった。

穏やかに晴れわたった六月の空の下、女の頭部が鮮やかに彼の目に飛びこんできた。

頭の後ろで髪の毛をひとまとめにし、小さくて貧相な団子を作っていた。髪の色は漆黒だったが、少しも艶《つや》がなかった。古くて黴《かび》の生えた鬘《かつら》をかぶっているように見えた。

女はその顔に、般若《はんにゃ》の面をつけていた。なぜ、そんな面をつけて、日傘をさし、人けのない農道を歩いているのか、わけがわからなかった。知りたくもなかった。

般若の面をつけた顔をまっすぐ前に向け、女は、静かに彼とすれ違って行った。

彼はその場に凍りついた。


ひとり暮らしをしていた邦彦《くにひこ》の母親が自宅で死んでいるのを発見したのは、彼の妻、礼子《れいこ》である。

まだ寒い季節で、最強にした炬燵《こたつ》の中に半身をもぐりこませ、部屋のエアコンもつけっ放しにされていたため、遺体は腐乱し始めていた。不審死扱いとなり、遺体は解剖に附された。死因は急性心不全で、死後、四日が経過していた。

玄関を開けた時から異臭がしたのよ、と礼子は言った。その異臭の気味悪さを語る時、礼子は何度となく、「吐きそう」と言って眉間《みけん》に大きな皺《しわ》をよせた。そう言いながらも、語るのをやめなかった。

やっぱり、あなたが見に行けばよかったのよ、どうして私があれを見つけなければいけなかったの？　どうして私なの？　見たくなかった、一生、忘れられないわよ……そう言って涙ぐまれると、心からその通りだ、申し訳なかった、と彼は思う。

まさか母親が死んでいるとは思っていなかったが、気持ちのどこかで、そういうこともあり得る、と危惧《きぐ》していたはずだった。妻に行かせるべきではなかった。やはり、自分で様子を見に行けばよかったのだ。

だが、妻の気持ちは理解できても、一方で、なぜ、こういう時に、この女はこういう言い方しかできないのか、人がひとり、死んだんだぞ、おまえとはうまくいかない姑《しゅうとめ》だったかもしれないが、それでもおまえには迷惑なんか、これっぽっちもかけなかったじゃないか、少しはおふくろを憐《あわ》れむ言葉があってもいいはずじゃないか、と妻を責めたくてたまらなくなった。もともと妻との関係は芳しくなかったが、母が死んだ後、いっそう悪くなった感があった。

その年の二月だったが、邦彦が一泊二日の札幌《さっぽろ》出張から戻ると、母親から地元特産の林檎《りんご》が一ケース、届いていた。林檎は三月に入ると急激に味が落ちるから、今のうちにみんなで召し上がれ、と書かれた簡単なメッセージが添えられていた。

妻の礼子は、そういうことには異常なほど几帳面《きちょうめん》である。人から何か贈られると、その日のうちに電話をかけて礼を言ってしまわなければ気がすまない。

ゆうべ、九時ごろだったかしら、電話をかけたんだけど、お義母《かあ》さん、出なかったのよ、と礼子は言った。「携帯も家の電話も、どっちも。でね、今日の昼間、もういっぺん、かけるつもりでいたんだけど、なんだかんだで忙しくって、かけそびれちゃって。だから、今、あなたから、届いた、っていう電話、かけてくれない？」

夜に留守にするとは珍しい、と思わないでもなかったが、別に気にはならなかった。母親は、地元で料理教室を開いている年下の女と親しい。離婚したばかりの女で、しょっちゅう、彼の母親を自宅に招いては手作り菓子などをふるまっている様子だったから、おおかた昨夜も、母は自分で軽四輪車を運転し、その女のところに行っていたのだろう、と邦彦は思った。

林檎が届いた、という報告など、いつでもできる。しかも相手は実母だった。しなかったからといって、問題が起こるわけでもない。届いたかどうか、気になるのだったら、あっちから電話をよこすに決まっている。

出張から戻ったばかりで疲れていた。母親に電話し、林檎が届いたことを知らせるなど、どうでもいいこととしか思えなかった。早く風呂《ふろ》に入って、風呂上がりのビールを飲みたかった。

彼は妻に、明日にでもおれから電話しておくよ、と言った。

だが、翌日、邦彦は母親に電話をかけることなど思い出しもしなかった。会議、打ち合わせ、外回り、また会議……の連続で、昼食も食べそこねるような一日だった。

電話、してくれたわよね、と礼子に訊《き》かれたのは、その晩のことだった。

「誰に」と彼は訊いた。訊いた瞬間、誰に電話しなければならなかったのかを思い出した。

「お義母さんによ」と礼子は怖い顔をして言った。

いかん、忘れてた、と彼は言い、苦笑しながらぼりぼりと後ろ頭をかいてみせた。妻から頼まれたことを忘れた時、彼はいつもそうしてきた。どんな理由があれ、礼子は約束を違《たが》えたり、守らなかったりする人間を毛虫のように嫌う。だから、そうするのは彼の習い性になっている。

「あなた、今朝も、お義母さんが送ってきた林檎、食べてたわよね。その時、思い出しもしなかったの？」

言い訳をしたり、弁解めいたことを言ったりすると、どんなことになるか、よく知っていた。彼は即座に、「悪い。今から電話するよ」と言って、携帯を取り出した。

独り暮らしをしている七十五歳の母親は、ずいぶん前から携帯電話を使いこなしている。去年はスマートフォンに切り換え、すぐに使い方を覚えた。

スマートフォンと家の固定電話、どちらにも電話したのだが、その晩も母親は出てこなかった。

「おかしいな」と彼は言った。「こんな時間に出かけるわけはないし、外にいるんだとしても携帯を持ち歩かないわけはないんだけどな」

時刻は夜の十一時になっていた。礼子が「お風呂かも」と言ったので、三十分ほどたってから、邦彦はまた電話してみた。やはり母親は出てこなかった。

留守番電話に、都合のいい時に電話をしてほしい、というメッセージを入れておいた。電話を切ってから、メールも送った。

母親からはその晩はむろんのこと、翌日午後になっても、何の連絡もこなかった。

いやな想像が邦彦の中でふくらんだ。

母親は若いころから肥満気味で、医者から高血圧と不整脈を指摘されていた。過去にも急に具合が悪くなり、タクシーを呼んで病院に駆け込んだことが一度ならずあった。

もし、苦しくなって自分で救急車を呼んだのだとしたら、病院から息子である邦彦のところに何らかの連絡があるはずだった。何もないということは、病院にはおらず、自宅にいるか、あるいは自宅以外のどこかで行方がわからなくなっている、ということになる。

邦彦は、料理教室をやっているという女の連絡先をネットで検索してみた。幸い、女は料理教室のホームページを作っていた。

華やいだ、というよりも、少女趣味の極みと言っていいような、カラフルなホームページに記載されている電話番号に電話をすると、まもなく、母親が親しくしていた女が出てきた。ここしばらく忙しかったので、お母様とは会っていない、連絡もとっていない、と女は言った。

できたら様子を見に行ってきてほしい、という言葉が喉《のど》まで出かかったが、邦彦は慌ててそれをのみこんだ。

母親が彼女とどれほど親しかったのか、不明だった。よく彼女の話をしていたのは事実だが、だからといって本当に親しくしていたとも限らない。そうしたことを気軽に頼める相手であるかどうかは、はっきりしなかった。

何かありましたか、と聞かれたので、邦彦は慌てて「いえ、別に何も」と言った。「ちょっと急ぎの用があって、連絡をとりたかったんですが、本人と連絡がつかなかったんで、もしかすると、そちらにお邪魔してるんじゃないかと」と答えた。

女はいかにも不審げだったが、それ以上、何も聞いてはこなかった。

ちょうど会社が繁忙期で、彼が直接、母親の様子を見に行けるだけの余裕はなかった。かといって、一人っ子で、兄弟姉妹のいない彼には、他に頼めるような相手もいない。母方の親類はいるにはいるが、全員、遠方に住んでいて、しかも、ほとんど没交渉だった。

妻の礼子に、悪いがおふくろの様子を見に行ってくれないだろうか、と頼んだ時、礼子は露骨にいやな顔をした。

「私が？　一人で？」

「おれは行けないんだよ。毎日、重要な会議だの研修会だのがあってさ。抜けられない」

「今度の週末に、あなたが一人で行ってみればいいじゃない」

「週末まで待つのか？　連絡がとれない、っていう時に？」

「警察に頼めばいいわよ。そのほうが早いじゃないの」

面倒事はすべて、誰彼かまわず周囲の人間に頼んで、決して自分は手を下すまいとする。礼子のそういう性格を覗き見たような気がして、邦彦は内心、苛立《いらだ》った。

「認知症ならいざ知らず、まだまだ、自分で車を運転して、あちこち行けるほど元気だったんだよ。たった数日、連絡がつかなくなったからって、いちいち警察に？　しかも、ふだんからしょっちゅう、電話し合ってきたわけでもないんだし。警察なんて、まだ早い。その前にこっちでやることはたくさんある」

礼子はふと無表情になり、じろりと彼をにらんだ。「こういうことに関してだけは、あなた、余裕の発言をするのね」

「どういうことだよ」

「美奈《みな》が高熱出して痙攣《けいれん》を起こした時も、そうだったじゃない。必死になってあなたの携帯に電話したのに、なかなか出てくれなくて。やっと出てきて、美奈が大変、って私が教えた時、あなた、なんて言ったか覚えてる？　のんきな声で、大丈夫だよ、って言ったのよ。いったい何を根拠に、大丈夫、だなんて言えたのかわからない。あなたはただ、そういうことに巻き込まれるのが面倒くさかっただけなのよ。自分の娘が高熱出そうが、痙攣を起こそうが、大丈夫だ、って言って、とりあえずは人任せにしておきたがる人なのよ」

昔の話だった。娘の美奈がまだ三つかそこらの時分だから、十四、五年も前のことになる。

時折、仕事帰りに立ち寄っていた店に、珍しく気の合う、容姿も好みの女がいて、邦彦はついつい、彼女と深い間柄になった。相手はまだ二十二歳だった。彼のことを「年の離れたお兄さんみたい」と言い、彼に甘え、まもなく彼以上に積極的になった。

それだけならよかったが、やがて、彼女は彼が妻子もちであることを嘆き始めた。彼が妻や娘の話をすると、そのたびに、私たちは出会ってはいけなかったのね、などと言って涙ぐんだ。

そんな彼女が愛《いと》おしく見えたが、いずれ別れる時は厄介なことになるに違いない、と彼は思っていた。それなのに、ずるずると関係を続けたのは、やはり彼女にそれなりの魅力があって、手放すのが惜しかったせいでもある。

彼の携帯に、美奈が痙攣を起こした、という妻からの電話がかかってきた時、彼はその女と、渋谷《しぶや》の安ホテルの部屋にいた。

美奈が死んでしまうのではないか、と心配するあまり、卒倒しそうになったほどだが、女の手前、精一杯、取り繕った。その結果が、「大丈夫だよ」という、なんとも間の抜けたセリフになってしまったのだった。

だが、彼はその時、内心、めまぐるしく考えていた。すぐにここから飛び出してタクシーを拾い、自宅に帰るために、今、この目の前にいる女に何と言えばいいのか。正直に子どもが痙攣をおこし、妻がパニックになっている、と言うべきなのか。それとも、彼女に不快な思いをさせないよう、この場限りの嘘をついてごまかすべきか。

結局、正直に事の次第を伝えて、彼はすぐさま下着を身につけ始めた。女は「心配ね」と言いながらも、むきだしの胸を隠そうともせず、哀れな表情で目をうるませた。

頼むからこんな時に泣いたりしないでくれ、と願いつつ、彼はベッドの中の女を軽く抱きしめてやった。女は、子猫が親猫にしがみつこうとする時のように、強く爪をたてながら彼の背中に手をまわしてきた。その時につけられた傷が、後々、礼子が彼に向ける罵倒《ばとう》の中に必ず含まれることになったのは、言うまでもない。

「また、その話かよ」と彼は吐き捨てるように言った。「いい加減、やめてくれないかな」

「いいわ。やめるわ。でも、どう？　図星でしょ？」

「図星、って何がだよ」

礼子は烈《はげ》しく瞬《まばた》きをし、何か言いたげに口を開いたが、何も言わなかった。

「そのことについては、何度謝ったか、わからないじゃないか。この期に及んで、また謝れ、って言うのかよ。とっくに終わったことをいつまでも……」

「なによ、その偉そうな言い方。浮気して、大騒ぎして、別れるに別れられなくなって、ぐだぐだ続けて、私を泣かせたくせに。そういう偉そうな口、きかないでよ」

「ああ、わかったわかった」と彼は言った。両方の掌《てのひら》を礼子に向け、やんわりと休戦の合図を送ってみせた。「確かに偉そうだったな。わかる。悪かった。この通りだ」

妻に向かって、昔の浮気を改めて謝る夫、という図式だった。こういうことを繰り返して一生を終わるのだ、と彼は思った。これがおれの人生なんだ。

「いや、ほんと」と彼は内心、爆発しそうになる感情を必死の思いで抑えながら言った。妻に向かって爆発してはならなかった。そんなことをしたら、かろうじて保たせている日常が台無しになる。「怒らせるつもりなんか、全然なかったんだよ。ほんと悪かった。じゃあ、こうしよう。明日はどうしても難しいんだけど、明後日なら、なんとか半日、休めると思う。いや、何がなんでも休んで、おれが行って様子を見てくるよ。なんでもなければそれでいいし、無駄足になってもかまわないさ」

張りつめていたものが急速にゆるんだかのように、礼子はふうっと息を吐いた。それまで険しかった表情が、いくらかやわらいだ。

「……いいわよ。明日、私が早く起きて行ってくるから」

「いや、いいんだ。気にしないでくれ。おれが……」

「ううん、私が行く。明日は美奈が学校から早く帰って来る日なんだけど、大丈夫よ。食事の用意をしておくから、一人で食べるように、って言っとくわ」

どこかしら刺《とげ》のある言い方だったが、礼子が行ってくれるのなら、それにこしたことはなかった。

母親の家の玄関と勝手口の合い鍵《かぎ》は、ずいぶん前に作っておいた。遠方に住む母親に何かあった時のために、こういうものを用意しておいて本当によかった、と思いながら、邦彦は居間のキャビネットの抽斗《ひきだし》からそれを取り出し、礼子に手渡した。

「一応、渡しておくけど、たぶん必要ないと思うよ」

「そうであってほしいわね」

「のんきな顔して出てきて、あら、どうしたの、礼子さん、なんて言ってくるんだ、きっと」

「そうならなかったら、困るわ」

「きっとスマホが壊れたか何かしただけなんだよ。まったく傍《はた》迷惑な話だけど、万一、ってこともあるからな。仕方ない。よろしく頼む。すまないな」

わかりました、と礼子は慇懃《いんぎん》な口調で答え、両方の眉《まゆ》を大きく上げたまま彼から視線を外すと、居間から出て行った。

邦彦の曾祖父《そうそふ》は、その昔、付近一帯の大地主だった。あたりの農地はもちろんのこと、遠くにそびえる小高い山まで曾祖父の持ち物だった時代がある、という話を彼は母親から聞いたことがある。

だが、祖父の時代になると、情況は一変した。野心家だった祖父の、事業での失敗が繰り返されて、祖父は多大な損失を自分の土地を切り売りすることでしか、補塡《ほてん》できなくなった。したがって、かつて、あれほど広大だった土地は、次から次へと別荘地や一般企業の所有地などに変わっていき、見る影もなくなった。

残された土地を維持しようと努力するどころか、新しい別荘地開発をねらう大手不動産会社に、祖父は惜しげもなく手持ちの土地を売却しては、資金運用にまわした。そのどれもが惨憺《さんたん》たる結果に終わり、結局、最後に残ったのは、日当たりはいいが、農地とも別荘地ともつかない、のどかな農道脇にある、三百坪ほどの土地だけとなった。

邦彦は、その土地に建てられた家で産声をあげた。地元の町立中学校で日本史を教える教師だった父は、事業にも土地の転売にも無関心だった。後に結婚する母とは他校との親睦《しんぼく》会で知り合ったと聞いている。母は隣町にある中学校の、数学教師だった。

当時、邦彦の家の周辺には、同年代の子どもたちが数多く住んでいた。学校が休みの日や長く続く夏休みなどは、朝から晩まで共に遊ぶ仲間に事欠かなかった。クワガタを採りにいったり、キャッチボールをしたり、近所の空き地で野球に興じたり。まっすぐに長く延びる、くだんの農道で、誰が一番速く走れるか、という競走をしたことも数知れなかった。

両親とも教師ではあったが、邦彦が外で遊んでばかりいて、勉強がおろそかになることに対し、うるさく注意してくることはなかった。父親は自分の世界に入りこんで、静かに本を読んだり、物思いにふけったりしていることが多く、一方、母親はどちらかというと明るく太っ腹な女で、息子の生活態度に関しても、細かい小言は一切、言わなかった。

農道脇の家……彼が生まれて、子供時代を過ごした家に、いやな思い出は何ひとつなかった。思い出すのは、移りゆく季節の中の自然の営み、風の音、雨あがりの後の畑から漂ってくる土のにおい、夏の午後、おやつ代わりに縁先で食べたトマトの味、叢《くさむら》で鳴く無数の虫の声、子どもたちの歓声……そうしたものばかりだった。

だが、邦彦には忘れることのできない、不可解な記憶が一つある。

彼が農道で遊んだ話をすると、母は渋面を作り、少し落ち着かなくなった。どうしてなのか、幼い彼にはわからなかった。

ある時、縁先でいんげんの筋を取っていた母親に向かって彼が農道の話をし、ずっと行った先の道端で、背中に虹色の線がついているトカゲをつかまえた、と自慢していると、ふいに母親は手をとめ、彼を見た。

「ひとりで行ったの？」

「え？」

「トカゲをつかまえに、あんた、ひとりで農道の先まで行ったの？」

「そうだよ」

「どのくらい先まで？」

「わかんないけど……いつも行くよりも、ずっと先だったんじゃないかな」

「あのね、邦彦」と母親は、かけていた眼鏡をはずし、大きく息を吸った。「ここの農道のね、ずっと先までは行かないようにね。そしてね、できたら農道では、なるべくひとりでは遊ばないようにね」

「なんで？」

「なんで、って……」と母親は言葉を濁した。「みんなと一緒だったらいいのよ。でもね、ひとりになるとね、よくないのよ。まして、先のほうまで行くなんて、やめてね」

「だからさ、なんでなの？」

母親は困惑したように彼から目をそらした。「……あんまり見たくないものをね、見てしまうかもしれないからよ」

「何、それ」

「何、って、お母さんにもわかんないわ」

「お化け？」

「違う」

「じゃあ、何」

「さあ、何かしら」

「お母さん、それ見たの？」

ややあって、母は小さくうなずいた。

「見たんだね。やっぱりお化けでしょ。男？　女？　動物？」

母は、鋭い目をして彼を見るなり、「とにかく」と言った。「農道の先にひとりで行っちゃだめ。わかった？」

そして、いんげんの盛られた籠《かご》を手に、怒ったように立ち上がると、何も言わず、台所に入って行った。

その奇妙な話を聞いたのは一度きりだった。以後、母親は二度と同じ話をしなかったし、彼もまた訊かなかった。

確認してみたい、という気持ちはあった。だが、何ごとにつけ、てきぱきとふるまい、心配ごとを笑い飛ばし、ものごとを合理的に解釈しようとする母親が、そんな話をしてきたことが彼には信じられなかった。

母はいつも、畑の中に点在している雑木林は無縁墓の跡、という地元の子供たちの噂話を小馬鹿にしていた。学校の裏手の崖にある洞穴で女の幽霊が出る、とか、体育館では、昔、そこで首を吊《つ》った用務員のおじさんの苦しそうな声が聞こえる、といった怪談話にも、母は耳を貸さず、「洞穴は暗いから、目の錯覚をおこしやすくなるだけ」「体育館は声が響くから、人の声がそう聞こえるだけ」と言って、のどかに笑うような人間だった。

母が農道の先までひとりで行かないように、ひとりで農道で遊ばないように、と言ってきたのは、きっと、誰もいない農道はいろいろな意味で危ない、変質者がいたら大変、という意味だったのだろう、と彼は考えるようになった。そしてそのうち、そんな会話を母と交わした記憶もうすれていった。

小学校を卒業すると同時に、彼は両親と共に東京に移り住むことになった。ちょっとした縁故関係があって、東京にある、エスカレーター式の有名私立学校から父親に、中等部の教職の口の誘いがかかったのである。父親は喜んでそれを受けた。もともと東京生まれだった母親はそれ以上に喜び、教職を退いて家庭に入ることになった。

大地主の孫だというのに、土地にほとんど関心を示さなかった父も、さすがに自然が色濃く残る農道脇の土地と家にだけは未練を見せた。いつでも好きな時に家族で帰って来られるようにと、父親は引っ越しの前に別荘管理会社と契約し、家の管理を委託した。

一家の新しい住まいは、東京下町にある小ぢんまりとした貸家だった。邦彦はその家で暮らしながら区立中学に通い、都立高校に進学し、一年浪人して都内の私立大学に入学した。

そして、彼が大学に通い始めた直後、父親の女性問題が発覚したのである。

相手は父親が勤務する私立学校で、音楽を教えている女性教師だった。三年前に赴任してきたばかりで、当時、二十代後半。育ちがいいのか、単に鈍感なだけなのか、父あてに長文の手紙の入った封書を無邪気に送ってきて、たまたま雨で封が剝《は》がれていたその中身を母が読んだことにより、いとも簡単に、父との邪《よこしま》な関係が母に知られることになったのだった。

同じ職場なのだから、ラブレターくらい職場で手渡せばいいものを、そうしなかったのは、あなたの妻である私に、事実を知らせたかったのよ、なんていやな女なの、と母が泣きながら父に向かって叫んだ時、邦彦は別の部屋でその一部始終を耳にしていた。

母が読んだ手紙の中には、音楽会の帰り道、日比谷《ひびや》公園のベンチで、初めてのくちづけを受けた時のこと、二人で箱根《はこね》の温泉に泊まった時のこと、会えない日には、会えない苦しみのせいでなかなか眠れなくなることなどが、いともロマンティックに長々と綴《つづ》られており、おまけに、東京駅発の東海道新幹線の指定席チケットまで同封されていた。行き先は京都だった。

大阪出張する、なんて嘘だったのね、と母親がわめきちらし、泣き声をあげ、呻《うめ》き、父を罵倒する声が家中に響きわたった。

父親は謝り、申し訳ない、と繰り返し、その後は何の弁解もしないまま、黙りこくった。沈黙する父親に向かって、母親はしばらくの間、罵声を投げつけていたが、やがて静かになった。

そしてその、いとも気づまりな静寂が、邦彦の家族の日常の空気になるのに、長い時間はかからなかった。

両親がどのような形で折り合いをつけたのか、どんな話し合いがなされたのか、父はその音楽教師と別れることができたのか、彼はあえて、何も訊かずにいた。彼は自分の人生を生きることに忙しかった。両親を案じて、気をもんでいる暇などなかった。

中学高校時代は、ごくたまにではあるが、親に連れられて農道の脇の家に滞在した。別荘として使う家にしては贅沢《ぜいたく》だった。なにより、邦彦にとっては自分が生まれ育った家だったから、懐かしくもあった。

高校時代、仲間たちと泊まりこみの合宿に使ったこともある。父が近隣のゴルフ場でゴルフを楽しむために、母が、学生時代の親しい友人一家を招くために、それぞれ利用したこともあった。

だが、父の事件をきっかけにして、父も母も、別宅があることなど、忘れてしまったかのようになった。話題にのぼることもなかった。

そして、邦彦自身もまた、農道が見渡せる、木立に囲まれた、夏ともなると庭にトマトやきゅうりや茄子《なす》が実をつける、あの、幸せだった子供時代を象徴する家があること、その脇から長く延びる農道が、世界の果てまで続いているように見えていたことなどを次第に忘れていった。思い出しもしなくなった。

彼が大学を卒業して一年目、父親が病に倒れ、死の床についた。父の体内で暴れていた癌細胞は、すでに手の施しようもなくなっていた。

邦彦が現在の会社に就職し、両親のもとを離れて、都内の安アパートで独り暮らしを始めたころだった。父は入院生活を続け、形ばかりの治療を受けたが、余命がほとんどなくなっていることは誰の目にも明らかだった。

そんな父を見舞いに行った時のこと。彼は病室にいた母から、売店まで行って買い物をしてきてほしい、と頼まれた。

お父さんの目が、目脂《めやに》でくっついちゃってるから拭《ふ》いてあげようと思って、と母は言った。一本調子の口調だった。アイコットン、という商品名の、目のまわりの汚れを拭くための液体が含まれたガーゼが売店で売られていたはずだから、という。ちょうど缶コーヒーが飲みたいと思っていたところだった。邦彦は、ベッドの中に横たわり、目を閉じていた父親に軽く声をかけると、早速、病室を出て、地下一階にある売店まで行った。

アイコットン、という名の清浄用ガーゼは売られておらず、代わりになるものを探してもらうのに時間がかかった。死期が近づいている病人の前で、缶コーヒーを飲むのも気がひける。彼はいったん病院のロビーまで行き、買ったばかりの缶コーヒーを飲みながら、少しぼんやりした。

飲み終えたコーヒーの空き缶をゴミ箱に捨て、重苦しい気分のまま、病室に向かうエレベーターに乗った。

父が入っている個室から、医師が出てくるのが見えた。父の主治医だった。医師は沈痛な面持ちをしていた。

伏せられたままの目は、邦彦を見なかった。医師は足早に立ち去って行った。廊下にはその時、人影はなかった。

医師が部屋から出て来る時、うまく閉まらなかったのか、入り口の引き戸は半ば、開いたままになっていた。近づくと、室内にいる母親が、ベッド越しに見えた。彼はその場に立ちつくし、次いで引き戸の蔭《かげ》に隠れた。

母親は、父親をじっと見下ろしていた。父親はベッドの中で、痩《や》せこけて黒ずんだ顔を天井に向け、まるでのけぞってでもいるかのような姿勢で目を閉じていた。

父親を見下ろしている母親の目は、大きく見開かれ、吊り上がっていた。見たこともないほど恐ろしい形相だった。まるで般若の面をつけてでもいるかのようだった。

母はくちびるの端を大きく上げて、にたり、と笑った。くちびるが赤く、大きく、ゆっくりと耳まで裂けるようにして開かれていくのがはっきり見えた。

そんな中、彼の耳に、声にならない声が届いた。

ザマアミロ、と言う母の声だった。

彼はその時、どういうわけか唐突に、子供時代を過ごした、あの農道脇の家、長くまっすぐにどこまでも延びる農道を思い出した。見たくないものを見てしまうから、と言った時の、まだ若かったころの母の声を思い出した。

彼は踵《きびす》を返し、病室から離れて走り出した。

父親の死後、母親はまもなく邦彦に、「お母さんはあの家に戻るわ」と言ってきた。農道脇の家に戻って、そこでのんびり暮らしたい、という。

反対する理由は何もなかった。邦彦は仕事が面白くなってきたところだったし、後に結婚する礼子と出会って、気分のいい交際を始めているところだった。未亡人となった母親が、その後、どんな人生を送ろうが、かまわなかった。母親には自由にしてほしかった。

引っ越すけど、何も手伝わなくていいから、と言われた。言われるまま、本当に何も手伝わずにいたら、ある日、母親から連絡があり、もうこっちに来て落ち着いたからよろしく、と言われた。

声が明るかった。死にかけた父親を見下ろしながら、ザマアミロ、と言った時の母親の声ではなかった。

……邦彦は今、農道の上に、身じろぎもせずに立ちつくして前を向いている。過去の記憶の断片が、ひっきりなしに頭の中を行き交っている。はっきり鮮やかに甦《よみがえ》ることもあれば、まったく意味がわからないままに、ぼやけていくものもある。ひどく息苦しい。

母親の遺品整理は、淡々とこなした。日中は整理に費やし、日が落ちるころから、買ってきて冷やしておいたビールを飲み出した。食事は、台所のあちこちから出てきたインスタント食品や冷蔵庫の冷凍室の中に残っていた食材で簡単にすませた。

風呂をわかすのは面倒だったから、シャワーにし、母の家の押し入れに積まれてあった、来客用の布団を敷いて眠った。布団は少し黴くさかった。

その家で母が死んだ、ということはまったく気にならなかった。母親と同じく、ものごとを合理的に考えようとする習慣が、彼にはあった。

まだまだ、何度か通ってこなくてはならなかった。最終的には電気や水道、電話を止めねばならないから、止めてしまう前に、すべてやり終え、あとはしばらく家はこのまま放置しておいて、時期がきたら、売却するか、さもなければ解体して、小さなセカンドハウスでも建てるか、というところだった。

だが、そんなものを建てても、妻子が一緒にそこで過ごしてくれるとは考えられなかった。建てること自体、無駄なことかもしれなかった。

どのみち、遺品整理は焦る必要はなかった。どうせ礼子や美奈が手伝ってくれるはずもないのだから、ここに来るのは自分ひとりだった。

好きにするさ、と彼は思った。そう思いながら、二日間を過ごした。

押し入れや箪笥《たんす》の抽斗を開けるたびに懐かしい記憶は甦ったが、ただそれだけだった。別段、感傷的な気分にも陥らなかった。順番通り、親が先に死んだだけだった。

人生はこんなものだ、と彼は思った。

無音の中にいるよりも、何か音がほしかったから、テレビだけはつけておいた。

騒々しいＣＭやバラエティ番組を聞くともなく聞いていると、昔に返ったような気分になった。今にも台所から、小肥《こぶと》りだった母がエプロンで手を拭きながら出て来て、「ご苦労さまねえ。コーヒーでもいれようか」と笑顔で言ってくるような気もした。

……ふさがれていた耳が、ふいに開かれたような感覚があった。いきなり、外界の音が耳に飛び込んできた。

ハルゼミの合唱が始まった。野鳥が鳴いていた。やわらかく吹き過ぎていく風が、雑木林の木の葉を絶え間なく揺すっている音も聞こえた。

邦彦はごくりと喉を鳴らして唾《つば》をのんだ。

身動きするのが恐ろしかった。だが、意を決して振り返った。

長い長い、まっすぐな農道に、人影はなかった。般若の面をつけた不気味な女が、自分の脇を通りすぎていってから、まだ数秒しかたっていない。

ハルゼミが、いちだんと高らかに、水色の空いっぱいに響きわたるような鳴き声をあげた。不吉なほどの大合唱だった。

とてつもない恐怖が彼を襲った。彼は全身に、大粒の鳥肌がたったのを覚えた。

どちらの方向に逃げればいいのか、わからない。右に行けば、どこかでさっきの女に追いついてしまう。かといって左に行けば、農道が、行き着く先もわからぬまま、永遠に続いているだけなのだ。

ここはどこなんだ！　おれはいったい、どうしたんだ！

彼は大声をあげ、絶叫し、狂ったように畑の中に飛び込んで、こけつまろびつしながら、堆肥のにおいのする土の中を走り出した。

森の奥の家

着いた時から、もう小雪が舞い始めていました。

でも、寒さはあまり感じません。このあたりは信州でも北部に位置しているので、雪が降り出すと湿度が上がり、かえって寒さが和らぐんだよ……昔、土屋《つちや》さんがそう教えてくれたことがあるけれど、本当にその通りです。

冬の森のにおいがします。甘く冷たいミントのようなにおいです。

葉を落とした冬木立が、曇り空に向かって細い枝を無数に伸ばしているのが見えます。地面には、色とりどりの落ち葉が堆《うずたか》く積み重なっています。

風の強い日です。どこから吹いてくるのでしょう、北側に連なる山々の遥《はる》か向こうからでしょうか。ごおーっ、という、まるで空が鳴るような音と共に吹きつけてきて、乾いた落ち葉を舞い上がらせます。

すぐ近くで、鳥がけたたましく鳴きながら飛び立っていきました。カケスです。

カケスは森に生息する青い翼をもつ鳥。姿かたちは申し分なく美しいのに、鳴き声だけは許せないほど汚いから、すぐにわかります。ぎゃーぎゃー、というだみ声で、私たちはいつも、カケスが鳴くと、「それにしても、あの人たちはひどい声だねえ」と笑いながら悪口を言っていたものでした。

鳥や動物を擬人化して、「あの人たち」などと言うのが私たちの間で大はやりしていました。最初に言い出したのは誰だったか。私ではなかったから、土屋さんか、美《み》咲《さき》か、どちらかだったと思います。

土屋さん親子は昔から、そういう面白い発想をする名人なのです。さすが親子で、息もぴったり合っていました。

カケスやシジュウカラのことを「あの人たち」と呼んだり、蟻の隊列が室内に入ってきているのを発見しては「いやんなっちゃう、またこの人たちに悩まされる季節がきた」などと言っていると、自分たちまでもがみんな、森の動物になったような気がしてきて、それはそれは楽しかったものでした。

それにしても、今の私は緊張のあまり、気が遠くなりそうになっています。怖くて不安でたまらない。それなのに、この場所にやって来たことが嬉《うれ》しくて、嬉しさのあまり貧血を起こしそうになってしまう。

私は深呼吸をし、気持ちを落ち着かせ、うつむき加減になったまま、ゆっくりと山荘に向かいました。

もう何年も前から、私はここに来たくて来たくてたまらなかった。寝ても覚めても、私はこの場所……森の奥にひっそりと佇《たたず》む、小さな山荘に想いを馳《は》せながら生きてきました。山荘のことをあまりに克明に思い出そうとするものだから、いつのまにか、現実と虚構とがぐちゃぐちゃになってしまって、自分がどこにいるのか、いつの時間を生きているのか、そういう当たり前のことすらわからなくなるほどでした。

でも、山荘に行きたいと強く願う私の気持ちは、常にそれを上回る恐怖心と不安感によって、打ち砕かれてきたのです。

実際、何が怖いのか、何が不安なのか、自分でもよくわかりません。私の長年の親友だった美咲と彼女のお父さんの土屋さんは、この森の、この山荘で死んだわけではないのです。だから少なくとも、この山荘を訪れることで、楽しい思い出が甦《よみがえ》ることはあっても、背筋が寒くなるようないやな気分に見舞われるわけもないのです。

二人が死んだのは、ここから車で小一時間くらい走ったあたりにある、小高い山の崖《がけ》の下。ちょうどこの地方でも、桜が満開になる季節でした。お花見に行く土屋さんと美咲が乗っていたマイクロバスが、対向車線をはみ出してきた大型トラックと正面衝突。はずみでバスはガードレールを突き破り、そのままバウンドしながら崖の下に転落、炎上したのでした。

過ぎたこと、起こってしまったことを受け入れていくしか、生きていく方法がない、とわかっているのに、あの時のことを思い出すたびに、私は今も気が遠くなる。時間が止まってしまうのです。

春の日の叢《くさむら》に投げ出されていた、幾つもの亡骸《なきがら》。それらがまるで、今、この瞬間、自分の目の前にあるような、恐ろしいまぼろしを見てしまう。亡骸のほとんどすべてが黒焦げでした。あたりには、忘れられないほどいやなにおいがいつまでも漂っていました。

私と同い年の美咲は当時、三十歳。美咲のお父さんの土屋さんは、病気で倒れて半身不随になってはいたけれど、まだ還暦を少し過ぎたばかりの若さでした。

あれから十五年もの歳月が流れたというのに、私は現実に起こったことと、喪失の悲しみを未《いま》だに受け入れることができていません。どれだけ時間がたっても、気がつけば、同じところをぐるぐるまわっているだけ。前にも進めないし、後にも戻れない。本当にどうしようもない人間だと自分でも思います。

山荘の玄関に続く小径《こみち》にも、赤や黄色の落ち葉が、美しい一反の染め物のようになって降り積もっています。その上を踏みしめながら歩き、呼吸を整え、落ち着くように自分に言い聞かせ、山荘の前まで行って私はおそるおそる建物を見回しました。

たちまち万感の想いがこみあげてきました。胸が熱くなり、その熱いものが喉《のど》もとまでせり上がってくるので、思わず咳《せ》き込んでしまいそうです。膝《ひざ》からくずれおち、地面に両手をついたまま、吼《ほ》えるように泣き出してみたくなる。

ああ、と私はため息まじりに声に出しました。両手で口を覆いました。

何も変わっていません。あれから長い長い時間が過ぎたというのに、まるで奇跡のように、山荘は本当に何も変わらずに、そこにひっそりと佇んでいます。今にも玄関のドアが開き、土屋さんが「やあ」と言いながら、ちょっと照れたような顔を覗《のぞ》かせてきそうです。

和洋折衷造りの、古くて小さい、どちらかというと庶民的な山荘です。和室が一つと小さな洋間が一つ、それに板張りのリビングルーム。土屋さんは、美咲の母親と離婚してからまもなく、この山荘を手に入れたのだと聞いています。

土屋さんは信州にあるテレビ局で、主婦向け人気番組の制作プロデューサーを務めていました。明るく元気な人柄でしたが、特にアウトドア派だったというわけではありません。ゴルフも釣りもやらなかったのですが、町からさほど遠くない、この森に囲まれた静かな山荘に親しい仲間を招き、お酒をくみかわしたり、誰かがつまびくギターで歌を歌ったり、いろいろなことを語り合ったり……そして、一人の時は本を読んだり、持参したビデオを鑑賞したりすることをこよなく愛していた人でした。

町道から森に向かって延びている未舗装の、長い一本道の行き止まりに位置していて、まわりに民家は一軒もありません。この先に道らしい道はなく、雑木林が果てしなく連なっているだけです。雑木林を少し先に行ったところには小川があり、雨がたくさん降った後は、流れの音が聞こえてきたものです。

正確に言えば別荘地ではないのですが、町道の入り口付近には別荘として利用されている家々の集落があり、この土屋さんの山荘も、地元では「別荘」として扱われている、という話を聞いたことがあります。

とはいえ、管理してくれる会社があるわけでもないので、山荘の管理は全部、自分たちでやらなくてはいけませんでした。土屋さんが元気だったころ、私と美咲はよく、この山荘に遊びに来ては、土屋さんを手伝ってお風呂場《ふろば》を磨いたり、窓ガラスを拭《ふ》いたり、軒下の蜘蛛《くも》の巣を払ったり、ストーブの焚《た》きつけに使う細い枝を拾ってきたりしていたものです。

ここに来ると、一日があっと言う間に過ぎていきました。よく身体を動かすので、夜は早くから眠くなり、朝は日がのぼる前に目覚めます。朝食に食べる簡素なパンやシンプルな目玉焼き、山荘の近くで私と美咲が摘んできた野生のブルーベリーの何とおいしかったことか。そうそう、秋にはたくさんの、自生の栗の実が落ちてくるので、それを拾って茹《ゆ》でて食べるのが、私たちのおやつでした。栗は小さいけれど、どこの店で買うものよりも甘く、ほっこりとしていました。

所有者である土屋さんが亡くなってから、山荘は土屋さんの長男……美咲のお兄さんが相続しました。昭太《しょうた》さんという人で、私も何度か会ったことがあります。昭太さんは東京に本社のある証券会社に勤務していて、年がら年中、忙しくしており、山荘でのんびりすることなどできない人でした。そもそも、自然の中に身をおいて、野生の動植物を愛《め》でる、という趣味もなかったのでしょう。どうせそのうち売りに出すしかないのだから、面倒なものを相続してしまった、とでも思って、うんざりしていたのかもしれません。

でも、昭太さんの奥さんのあゆみさんは違いました。あゆみさんは心根の優しい女性で、昭太さん抜きで定期的に山荘にやって来ては、丁寧に煤《すす》をはらい、掃除をし、庭の雑草をむしり、補修すべき箇所が出てくると人を呼んで補修してもらっていました。それはあゆみさんが義務としてやっていたのではなく、義理のお父さんである土屋さんの、山荘に向けていた想いをきちんと受け止めてあげることができたからだと思います。

今回、私が「しばらくぶりで山荘に行って、静かな環境の中でたまった仕事を片づけたいのですが」と頼んだ時も、あゆみさんは「どうぞどうぞ。使っていただいたほうが、山荘も傷まずにすみます」とたいそう喜んでくれました。

本当に、あゆみさんの言う通り、家は使ってあげないと傷みます。昭太さんがなかなか出向こうとしないので、あゆみさんは一人で山荘に行くことも多かったようなのですが、なにしろここは人里離れた森の一軒家。昭太さんは妻のあゆみさんが一人で山荘に滞在することにいい顔はせず、危ないから一人では行くな、と言われていたそうです。

そのためあゆみさんは、山荘に来る時はなるべく、息子さんや自分の学生時代の友人たちを連れて来ようとしていたのですが、いちいち人を誘って都合のいい日を合わせたりするのも、そろそろ億劫《おっくう》になり始めていたのでしょう。今回のように、私が何日か山荘に滞在することを、心底、ありがたがっている気持ちがありありと伝わってきました。

ともあれ、そんなあゆみさんの努力のおかげで山荘は、見事に昔のままの姿で私を迎えてくれたわけです。軒下が腐り始めていたり、屋根や窓が壊れていたりする様子もまったくありません。それどころか、つい昨日まで人が住んでいたかのように居心地がよさそうです。

雪空のため、あたりは小暗くなり始めていましたが、まだ時刻は三時をまわったばかり。少しでも外が明るいうちに、食料品などの足りないものをメモし、町まで出て買ってこよう、と私は思いました。町にはコンビニの他に、小さいけれど品揃えが悪くないスーパーが一軒あります。雑貨もふくめて、ほとんどのものはその二軒で揃えることができます。

それに、今日のうちに買い物をすませておけば、明日から出かける必要もなくなり、山荘でのひとときを存分に味わえます。そう思うと、急に気持ちがぱっと晴れやかになってきました。

山荘の玄関の鍵《かぎ》は、いつも裏庭の片隅にある道具入れの中の、使わなくなった古い野鳥の巣箱に入れてあります。別荘荒らしを専門にしている泥棒に「はい、いつでもどうぞ」と言っているのも同じで、なんとも怖いもの知らずの、物騒きわまりないやり方ではありますが、それは土屋さんが好んでいた方法でした。

親しい仲間がいつでも好きな時にここに来て、寛《くつろ》ぐことができるようにしてやりたい、というのが土屋さんの口癖でした。そのためには、鍵を常時、仲間うちだけが知る場所に置いておくのが一番、手っとり早いのです。

たとえ万一のことがあったとしても、盗まれて困るものは何ひとつ置いていないそうで、言われてみれば確かにその通りでした。合い鍵を何本も作って分け合うよりも、一本の鍵を親しい仲間うちで共有するほうが無駄がなく、ある意味では何よりも安全だったのです。

いちいち土屋さんと鍵の貸し借りをせずにすんだので、私や美咲も、好きな時に山荘に遊びに来ることができました。もちろん、大学卒業後、私たちがそれぞれ就職してからは、好きな時、といっても来ることができるのは週末か、あるいはバカンスシーズンに限られましたが、それでも私たちは土屋さんがいてもいなくても、思いたった時に二人で山荘にやって来て、野鳥の巣箱から鍵を取り出し、玄関を開け放ち、「ああ、いい気持ち！　ここは最高！」と賑《にぎ》やかに大声を張り上げながら、ここで過ごす極上のひとときに胸をふくらませたものです。

鍵はもとのままのところにありますよ、とあゆみさんから教えられていました。私は落ち葉を踏みしだきながら建物の横にまわり、みんなで「がらくた入れ」と称していた小さな、細長い物置のところに行きました。引き戸は少しぎしぎしと鳴り、開けにくくなっていましたが、それでも何度か力を加えているうちにうまく開けることができました。

中には、使わなくなったちりとりだの、古い箒《ほうき》だの、雪かき用のシャベル、細くなった竹竿《たけざお》などが押し込まれています。奥のほうに小さな棚があり、そこに昔のまま、古い野鳥の巣箱が置かれているのが見えました。

まだ美咲と私が学生だったころ、土屋さんが近くの木の幹にこの巣箱をかけました。毎年、初夏になると、シジュウカラがやってきて、巣作りと産卵をし、何羽もの雛《ひな》が孵《かえ》っては、巣立っていったものです。

でも、いつだったか、ある年の梅雨時、土屋さんの話によると、大きなシマヘビがやって来て、するすると木に登り、まだ巣立つ前の雛をすべて飲み込んでしまったとのこと。たまたま、休日で山荘に来ていた土屋さんは、その現場を一部始終、目撃する羽目になり、ひどく気を滅入らせたあげく、以来、巣箱を木から外してしまいました。

山荘の鍵を入れるために使うようになったのは、その巣箱です。今は色あせ、くすみ、もとは白木だったはずなのに、ほとんど焦げ茶色に近く変色してしまっています。でも、確かに昔のままの巣箱です。

そっと持ち上げると、底の部分が開くようになっていて、鍵は昔の通り、そこにちゃんと入っていました。銀色の錨《いかり》の形をしたキイホルダーがついているのも、何ひとつ変わっていません。

それは、美咲と二人で沖縄に遊びに行った際、土屋さんへのおみやげに私が買ってきたものです。銀メッキがほとんど剝《は》げてしまっていますが、十五年前と何も変わらずに、錨形のキイホルダーがついた鍵がそこにあったことが嬉しくて、懐かしくて、私はいっそう、心がはずんでくるのを覚えました。

あゆみさんは、こういうところにまで気持ちが行き届く人なのです。あゆみさんもまた、義理の父親にあたる土屋さんのことが大好きでした。急死した土屋さんのために、と思って、土屋さんがこよなく愛したこの山荘をもとのままの形で、可能な限り、残してあげたい、というのがあゆみさんの想いだったのです。だからこそ、この錨形のキイホルダーもそのままにしてくれていたのです。あゆみさんの優しい気持ちがひしひしと伝わってきて、私は胸が熱くなりました。

鍵を掌《てのひら》に握りしめながら、再び玄関の前まで戻りました。指先が少し震えます。度を越した興奮のせいです。

鍵穴に鍵をさし、震えを抑えつつ、ゆっくりと回しました。かちり、という乾いた音がして、錠が開いたのがわかりました。その懐かしい音も、何も変わっていません。どきどきしながら把手をそっと引くと、嗅《か》ぎ慣れていた山荘のにおいが、すうっと鼻孔をくすぐりました。なんとも言えない、安らいだにおい。人が丁寧に暮らしている家に入ると、決まって漂ってくる、あの特有のにおい。冬の灯油ストーブのような、野菜を煮込んでいる時の台所の湯気のような、干した布団のような……そんなにおい。

あゆみさんは、つい最近もここに来たのだろうか、と私は思いました。来て、何日か滞在していったのかしら。そんなことは何も言っていなかったけれど。

暖房などつけていないはずなのに、家の中はやわらかく暖まっていて、よそよそしい感じは何ひとつせず、まるで私のために温かい食事や清潔な寝床の用意、お風呂の準備など、何もかもが恙《つつが》なく整えられている、といったふうでした。

昔のように、玄関先に何足ものビニール製のスリッパが横一列に並んでいます。布製のスリッパだと、必ず誰かがそこにワインだのソースだのをこぼして汚してしまうから、初めっからビニール製にしといたほうが手間がかからなくていいんだ、と土屋さんは言っていました。

美咲はビニール製のスリッパは、なんだかトイレのスリッパみたいだからいやだ、と言っていましたが、私は逆で、土屋さんの言う通り、汚しても拭けばいいだけの気楽さは何ものにも代えがたい、と思う性分でした。

土屋さんと私はよく気が合っていたと思います。土屋さんは私のことを美咲同様、実の娘のように可愛がってくれていました。土屋さんのそういう優しい気持ちの中には、家庭的に不幸な幼少時代を過ごした私に対する憐《あわ》れみ、同情のようなものもふくまれていたに違いありませんが、仮にそうだったとしても、私は土屋さんのような年上の男性に、娘同様に扱われたことが嬉しかった。

美咲は土屋さんのことを「パパ」と呼んでいました。私も何度、彼を「パパ」と呼びたいと思ったことでしょう。パパ、というのが変ならば、おとうさん、でもよかった。パパ、おとうさん……そう呼ばせてほしい、と美咲に言いたくて、喉まで出かかったのを必死で飲み込んだこともあります。言えなかったのは、いくら美咲でも、私に土屋さんのことをパパなどと呼ばれるのはいやかもしれない、と思ったからです。

でも、今から思えば、それは考えすぎだったかもしれません。美咲なら、「いいも悪いもないよ」と面白そうに言ってくれたかもしれない。「あんなのでよければ、パパでもお父ちゃんでもいいし、なんなら夫婦みたいにあなた、って呼んでみたら？」などと言い、言ったとたん、「わあ、気持ち悪い」とおかしな顔をしてみせて、思わず二人で吹き出し、笑いころげていたかもしれません。

何度も通ったこの山荘の、明かりのスイッチがどこにあるのか、手さぐりでもわかります。私は暗がりの中、手を伸ばし、玄関脇の壁についているスイッチを押しました。

そこのスイッチを押せば、玄関灯はもちろん、全室の明かりが一斉に灯《とも》るようになっています。暗くなってから到着する人もいるから、そういう場合でも困らないように、と土屋さんが町の電器屋に頼んで、簡単な配線工事をしてもらった時のことも、私はよく覚えています。

玄関の鍵を開け、壁際のスイッチを押すだけで、山荘全体がぱっと明るくなる、というのは本当にいいことです。みんなで町に食事に出て、暗くなってから帰った時なども、スイッチ一つですぐに光が行き届くのだから、ほっとします。

二、三度、どこかの蛍光灯がついたり消えたりを繰り返しましたが、やがてどの部屋の天井の明かりも灯されて、小さな山荘の中がはっきり見えるようになりました。

玄関を上がってすぐのところに、小上がりのような一角があります。その向こうの曇りガラスのついた薄いドアを開ければ、板敷きの、キッチンがついたリビングルームが拡がっています。リビングの右側に、間仕切りを取り払った六畳の和室と六畳相当の洋間。左側にお風呂場と化粧室、トイレ……。

室内はどこもきちんと片づけられていました。土屋さんは活字を読むことが大好きだったので、リビングルームの四角いテーブルの上には、いつも雑誌や単行本、文庫本などが無造作に散らばっていたのですが、今はそういうこともなくて、雑誌や書籍類はきちんと室内の簡易書棚におさめられています。あゆみさんが片づけてくれたのかもしれません。

リビングルームから庭に降りる窓の雨戸を開けました。雪空を飛び交う野鳥の姿が見えました。雨戸は昔のままの木製で、ずいぶん傷んでいたものの、開け閉めに不自由はなく、まだこの先、しばらく使うことができそうです。

室内がいっそう明るくなると、私はリビングルームの椅子に腰をおろしました。ここ数日、晴れて暖かな日が続いていたせいでしょう。薪《まき》ストーブに火をいれる必要もないほど、室内はぬくもっています。

古い振り子時計が、十五年前と変わらずに時を刻んでいる音が聞こえます。外を吹き過ぎていく風の音がします。時を刻む時計の音と風の音だけが、山荘を包んでいます。

悲しい気持ちがこみあげてきたという自覚もなかったのに、気がつくと私は泣いていました。目はうるみ、涙が頬を伝います。

見るものすべて、昔のままです。六人掛けのダイニングテーブル用の椅子にくくりつけられた、ストライプ模様の、少し汚れた薄いクッション。テーブルの上の傷と煙草の火の焦げ跡。キッチンの壁に吊《つ》るされている栓抜きと、醬油《しょうゆ》のしみのついた大きな鍋《なべ》つかみ。食器棚の中に並べられている皿やコーヒーカップ、茶碗《ちゃわん》の数々……。

スヌーピーがついた安物の膝掛けと、土屋さんが寒い日に好んで着ていた緑色の綿入れの上着が、昔同様、長椅子の端に畳んで載せられています。古くなってはいますが、両方とも洗い立てのように清潔そうです。

胸がいっぱいになり、私は思わず長椅子に駆け寄りました。綿入れの上着と膝掛けを両手に抱きくるんで、頬を寄せると、土屋さんが吸っていた煙草のにおい、そして、美咲がいつもつけていたオーデコロンの香りを、今も嗅ぎ取ることができるようでした。

目を閉じ、上着や膝掛けの感触を存分に味わっていたのですが、途中で私は、はたと息をのみました。

山荘のどこかで……お風呂場のほうなのか、それとも、ここからもよく見える和室や洋間の奥なのか……何かの気配がしています。初めのうちは、空気のそよぎのような気配に過ぎませんでしたが、やがてそれは、次第にはっきりとした音となって聞こえてきました。

がらがら、ぎしぎしという、車輪が床板をすべる音です。まさかと思いましたが、やっぱりそうです。何度も何度も耳にした、あの音です。

ああ、と私は前歯で強くくちびるを嚙《か》みしめました。あれは土屋さんです。車椅子に乗った土屋さんが、ほら、もう、すぐそこまで来ているのです。

土屋さんは、あのおぞましい事故にあう二年ほど前、テレビ局近くの路上で倒れ、緊急入院しました。突然、脳の血管が切れたのです。

搬送された病院で手術が行われ、一命は取り止めましたが、その後、土屋さんは完全な半身不随になってしまいました。ほとんど歩けず、右手も使えなくなり、独り暮らしはとても危険でした。土屋さんは一大決心をして、彼が長く愛してやまなかったこの土地にある、中堅の介護施設に入居することを決意したのです。

車椅子がいらなくなるほどの回復を望むためには、長い時間が必要でしたが、それでも土屋さんは懸命にリハビリを続け、まもなく美咲に付き添われて、以前同様、この山荘にも来ることができるまでになりました。

車椅子生活になった土屋さんのために、私と美咲は頻繁に都合をつけ合って施設に行き、土屋さんの外出許可をとりました。車さえあれば、いつでも土屋さんをこの山荘に連れて来てあげることができたのです。

身体が思うように動かせないのと、お酒が飲めなくなっただけで、土屋さんは倒れる前と何も変わらずに明るいままでいてくれました。私と美咲は土屋さんを囲み、この山荘で、以前同様、楽しいひとときを過ごしたものです。

もちろん土屋さんは何もできないので、買い物から料理、洗濯、掃除、お風呂の用意、そのすべてを私と美咲が手分けしてやりました。おいしいものを作り、このテーブルを囲んで三人で食事をし、土屋さんがとても面白い冗談を言ってくれて、土屋さんがあんな状態になった後でも、この山荘には笑い声が絶えなかった……。

私は息をつめながら、おそるおそる首を後ろにまわしました。何ということでしょう。土屋さんだけではない、美咲の気配も感じられます。あれはきっと美咲です。

キッチンのシンクの前あたりに、何かぼんやりとした影が浮いています。黒でもない、灰色でもない、空気と一体化したゼリーのような透明な影……。

そしてその影がもたらす気配……小さな妖精のため息ほどのわずかな空気のそよぎは、あっと言う間に私のすぐそばまで近づいてきました。冷たいような、生暖かいような空気の流れが、今まさに、私の真横まで来ています。

長く伸ばした髪の毛を首の後ろで結わえていた美咲は、時々、束ねた髪の毛先で私の顔をくすぐってくるのが癖でした。わあ、くすぐったい、と私が笑って顔をそむけると、ふざけて、もっとくすぐってきたものです。

今も同じで、乾いた毛先のようなものが、私の頬をかすめていきます。ああ、ここに美咲がいる、と思ったとたん、私の中で恐怖心よりも、懐かしさのほうが勝りました。

「美咲……」と私は思わず声に出して呼びかけました。

自分の発した声が、ぽとりと落としたナイフのような音になって、あたりに冷たく吸い込まれていくのが感じられました。

誓って言えます。恐怖など、本当に何もありません。どうして怖いことなどありましょうか。それどころか、私は美咲が恋しい。土屋さんが恋しい。恋しすぎて、狂ってしまいそうになる。

みんな一緒なのです。ここに来ると、本当にみんな一緒にいられます。土屋さんと美咲は、私がここに来たことをとても喜んでくれているに違いありません。やっと来てくれた、と思ってくれている。きっとそうだ。そう思うと、感動のあまり、私は意識がぼんやりしていくのを覚えました。

どのくらいの間、そうやっていたでしょうか。二分？　三分？　それとも十分？

私は、はたと我に返りました。瞬《まばた》きを繰り返し、呼吸を整え、背筋を伸ばしました。手にしていた上着と膝掛けをそっと長椅子に戻し、両手の指先でごしごしと涙を拭いてから、大きく息を吸い込みました。

ああ、こんなことをしていてはいけません。土屋さんと美咲の思い出に浸ったり、彼らと気持ちを交感したりすることはいくらでもできます。土屋さんと美咲と「三人」で過ごす山荘での時間。それを心ゆくまで味わうためには、やるべきことをきちんとこなしていかなくちゃ、と私は思いました。

今回とれた三日間の休暇は貴重なものでした。有効に使わねばなりません。上司には「休暇をとりますが、その間に必ず仕事を片づけてきますので」と約束してきました。持ってきた仕事に手をつけないまま、何もせずに帰るわけにはいかないのです。そのためには、暗くならないうちに町に出て、食料などの買い物をしてこなくては。ぼやぼやしているうちに日が暮れて、そのうち本格的な雪になってしまう……。

私は十五年前と同様、今も神田《かんだ》のはずれにある小さな広告会社に勤めています。社長の他に社員が五人しかいない零細企業。いつも自転車操業で、下請け仕事が数多くまわってくるため、給料は安いというのに、私たち社員はこき使われてばかりいます。

といっても、社長は優しい人。全然、男前ではないし、背も低く、小肥《こぶと》りで、外見上は何の取り柄もない人なのですが、どんな時でも悠然としていて頼りにできる人物です。男の人は、気にいらないことがあるとすぐに大声を出したり、時には奥さんや小さな子どもにも暴力をふるったりするものだ、それがふつうなのだ、と幼いころ、自分の父親を見ていて、私は思いこんでいました。男の人が怖くてたまらず、だからなかなか恋愛ができなかったのですが、そんな私の固定観念を一瞬にして打ち砕いてくれた人が、この世に二人いるとすれば、一人は美咲のお父さんの土屋さん、そしてもう一人が、勤め先の社長でした。

仕事を終えて、何度も食事やお酒を共にしているうちに、私と社長が自然な流れのまま男女の関係になるのに時間はかかりませんでした。もちろん、社長には奥さんも子どもさんもいましたから、私の気持ちはいつも不安定でした。些細《ささい》なことで嫉妬《しっと》もしたし、猜疑《さいぎ》心にかられて社長を困らせたこともあります。

知らない人が見たら、あんな冴《さ》えないおじさんのどこがいいの、と言ってきたかもしれません。その意味で言ったら、恋の相手は土屋さんのほうがふさわしかった。土屋さんは奥さんと離婚して独身でしたし。

でも、私が真剣に恋をしたのは社長であって、土屋さんではありませんでした。土屋さんのことは大好きでしたが、恋の相手ではなかった。土屋さんは、あくまでも私の「理想の父」でした。

美咲には社長との関係を全部、打ち明けてきました。美咲は私がどんな話をしても、笑ったり小馬鹿にしたりせず、真剣に耳を傾けてくれました。もっともらしいアドバイスとか、ちょっとえらそうな感想を述べるとか、そういったこともまったくしなくて、ただ黙ってうなずいて、時々、手を伸ばして私の腕や肩に触れてきて、うん、わかるよ、とってもよくわかる、と言ってくれた。時にはセンスある面白い冗談を言って笑わせてもくれました。

美咲はそういう人でした。美咲ほど信頼できる、深く理解し合えた友人は他にいません。美咲は、私の生涯でただ一人の、唯一無二の友でした。

その後、社長との関係は長く続いたのですが、なんとなく会う回数が間遠になり、気がついたらフェイドアウトしていたようです。

今では何もなかったみたいに笑って話ができるし、たとえ二人きりで飲みに行ったとしても、冗談めかして過去の話を持ち出したりできるほどになっています。そうでなければ、私は同じ会社にいられなかったことでしょう。

このままきっと、私はあの社長のもとで働き、社長と共に老いていくのだろうと思います。社長が老い衰えて、もう何もできなくなったら、私も一緒に引退する。それまでは、失ったものの悲しみに左右されることなく、与えられた仕事を懸命になってこなしていくだけなのです。

私は山荘のキッチンにある冷蔵庫を開けてみました。中には大したものは入っていません。たまにしか使わない山荘なのだから、それも当然です。入っていたのはミネラルウォーター二本と、缶ビール一本、瓶入りのオリーブの実、同じく瓶入りのいちごジャム、醤油さしに入れられた醤油だけで、腹の足しになりそうなものは何もありません。冷凍庫の中は空でした。

キッチンの小窓の向こうに、吹きつける雪が見えました。さっきよりも勢いが強まったようです。今夜は吹雪になるのでしょうか。車はスタッドレスタイヤにしているし、四輪駆動だから雪になっても不安はないのですが、積雪の多い道の運転は気を遣います。

急がなくては、と思い、私は気を引き締めました。町に出て買い物をし、ついでにどこかで早めの夕食をとってこよう。そうすれば、今夜の食事は作らずにすむ。そう思うと、余計に急ぎたくなりました。

私は靴をはき、外に出て玄関ドアに鍵をかけ、小走りに自分の車に向かいました。外はすでに暮れかかっていて、相変わらず寒さはあまり感じなかったけれど、降りしきる雪が風にあおられ、玄関灯の明かりの中で、ぐるぐると渦をまいているのが見えました。

玄関を出て少し歩いたところで、ふと背筋に冷たくいやなものを感じました。立ち止まって、こわごわ振り返ってみました。

雪があまりに強く舞っているものだから、視界がぼやけています。そんな中、玄関灯の下に誰かが佇んでいるのがわかりました。目をこらし、私は凍りつきました。

車椅子に乗った土屋さんと、その後ろで車椅子のグリップを握っている美咲です。

土屋さんは膝から下がよく見えません。美咲の下半身も車椅子に隠れて見えない。

でも、二人が私に向けている目はよくわかります。深海にいる鮫のように、冷たく無表情な目です。怒っているのでも、軽蔑《けいべつ》しているのでも、憎んでいるのでもない。あえて言えば、悲しそうな目。そして、その悲しみの奥には私をぞっとさせる何かが宿っているのです。

なぜ、そんな目で私を見るの。なぜ？

そう思ったとたん、背中に冷たい氷を押しあてられたようになり、気がつくと私は車に向かって、無我夢中で走り出していました。

「あいにくの雪になってしまいましたねえ。積もらなきゃいいけど」

愛想よくそんなふうに話しかけられて、私は我に返りました。何をそんなにぼんやりしていたのでしょう。車だからワインもビールも飲めないし、代わりにホットウーロン茶を頼んでいたから、酔っていたわけでもないのです。

出がけに玄関灯の下に立っていた、車椅子の土屋さんと美咲の表情が気になって仕方がない。彼らはどうして、あんなに冷たくよそよそしい目で私を見ていたんだろう。敵意も憎悪も感じなかったけれど、あの無表情の中には、昔、私たちが共有し合ったはずの温かな友情、気持ちの交感が何も感じられなかった……。

「洋食キッチン　ごちそう亭」という名の、カウンター席しかない小さな店です。店内はとてもよく暖められていて、食べ物の湯気がガラス張りの大きな窓を曇らせています。

客は私しかおらず、カウンターの向こうには夫婦とおぼしき、店のオーナーの男女が二人。見たところ、六十前後かと思われる年代で、奥さんのほうは若作りのメイクをし、耳には揺れるピアスを下げていておしゃれでしたが、旦那《だんな》さんは仕事一途《いちず》で身なりにかまわない性分なのか、妻よりも少し老けて見えました。

しゃべりかけてくるのは、もっぱら奥さんのほうで、旦那さんはもくもくと調理を続けています。私以外、客はいなくて、私が注文したスパゲティナポリタンはすでに出来上がって運ばれてきていたし、いったい誰のために調理をしているのだろうとふしぎに思いましたが、翌日の仕込みに精を出しているのかもしれません。

ともかく旦那さんはほとんど何もしゃべらないままで、奥さんだけが天候の話をきっかけに、しきりと何か話したそうにしています。

私に興味をもっているのでしょう。こんな雪の夕暮れどき、見かけない顔の女客がふらりと店に入ってきたものだから、興味をもったとしてもおかしくはありません。

私は奥さんの興味に応《こた》えてあげるつもりで、東京から今日、森の奥の、友人の山荘にやって来たこと、到着したばかりで必要なものを買い出しに出てきたことなどを話しました。

奥さんはいっそう好奇心たっぷりに、「森の奥、ですか？」と訊《たず》ねてきました。「町道あたりにある別荘地のことですね。よく知ってます。あそこは何ていう名前の別荘地だったかしら」

いいえ、と私が首を横にふり、「そこではなくて、もっとずっと奥なんです」と言うと、奥さんはわずかな間をあけ、ちらりと隣にいる旦那さんのほうを見てから、

「奥？」ともう一度、聞き返してきました。「町道から入ってすぐのあたりじゃなくて？」

「はい。もっと先の、ずっと先の、突き当たりになります」

「あら。じゃあ、もしかして、その山荘って、土屋さんの……」

私は嬉しくなって、思わず背筋を伸ばし、カウンターに乗り出しました。「土屋さんをご存じなんですか」

「え？　いえ、直接、知ってるわけじゃないんですけど」と奥さんはひどく困ったように言い淀《よど》みました。

私は笑顔を向けました。「山荘に来るのは十何年ぶりなんです。久しぶりに来てみたら、ほんとに何も変わってなくて……。昔はみんなで町に出て食事をすることもあって、この町にあるほとんどのお店には入ったはずなんですけど、このお店だけは来

たことがなかったです。あのう、こちらは何年前からやってらっしゃるんですか？」

「今年でちょうど十五年」と、旦那さんのほうが、少しぶっきらぼうに答えてきました。答えながらも、手の動きは止めていません。キャベツを刻んでいる様子です。

「事故があった年だからね」

「事故？」

「花見に行く施設の人や、その家族を乗せたマイクロバスがさ、崖から転落した事故。かわいそうに。落ちた衝撃でバスが大炎上しちゃったから、バスも乗ってた人間も、みんなまっ黒焦げだよ。全員の身元が判明したのは、かなり後になってからだった。ありゃあ、大変な事故だった。めったに事件なんか起こらないこの小さな町も、大騒ぎだった」

「あなた、そういう話は……」と奥さんは、旦那さんをたしなめましたが、旦那さんは聞き入れません。いっそうキャベツを刻む手に力をこめ、包丁の音をまな板に響かせながら、「開店したばっかりだったうちの店にも」と続けた。「マスコミの連中が連日、わんさかやって来て、食事していったもんだよ。あんなに痛ましい事故だったっていうのに、連中はいったん現場から離れると、ビールは飲むわ、ワインはお代わりするわ、でね。人がたくさん死んだって時に、よくもまあ……」

「あのう」と奥さんのほうが、なぜか少し遠巻きになるような姿勢をとって、私に訊ねました。「森の奥の家を別荘にして使ってた土屋さんって方、信州のテレビ局に勤めてる方でしたよね。プロデューサーをなさってて。その方、あの事故で亡くなられたんじゃ……。お嬢さんも一緒に」

「そうなんです」と私は小さくうなずきました。「……よくご存じなんですね」

「あれだけの事故でしたから。どなたが亡くなったか、町中の人が知ってました」と奥さんは言い、「ね」と旦那さんに同意を求めました。

旦那さんは「ああ」と怒ったみたいにうなずいて、「亡くなった介護施設の人たちはみんな、この町周辺か、この町に関係のある人たちばかりだったからね」と言いました。「しかし、何が悲しくて、花見に行く途中に黒焦げになんなきゃいけなかったのか。ただでさえ身体の自由がきかない人たちだった、っていうのに。ったく、気の毒に」

ぐつぐつと何かを煮込む音が聞こえてきます。換気扇をまわしていないのか、湯気がいっそうたちのぼり、ガラスはさらに曇ってきます。店内が暖まるのはいいことなのですが、湯気がひどすぎて、夫妻の顔が時々、ぼやけてしまいます。

「実は私」と私は意を決して打ち明けました。「その亡くなった土屋さん親子と、ずっと親しくしてきたんです。お嬢さんのほうとは、高校時代からの大親友で……。あの山荘にもしょっちゅう遊びに行ってました。本当にしょっちゅう。だから、あの事故は今でも信じたくないし、信じられない」

湯気がいったんおさまり、奥さんが、旦那さんの袖《そで》を軽くひっぱるのが見えました。夫婦は互いに目と目を見交わし合いましたが、その直後、旦那さんは急にぎろりとした目つきをし、私ではない、私の背後のあたりを睨《にら》みつけました。

何が起こっているのかわからず、私は身をすくめ、「何か？」と小声で問いかけました。「どうかしましたか」

「いや、別に」と旦那さんは言い、私のほうを一瞥《いちべつ》し、再び猛烈な音をたててキャベツを刻み始めました。

奥さんはいつのまにか姿を消していて、カウンターの向こうには旦那さんしか見えません。そしてその旦那さんの姿も、たちこめる湯気のせいで見分けがつかなくなっていきます。

さっきまで店内に低く流れていたはずの歌謡曲が、何も聞こえなくなりました。代わりに、ぐつぐつという鍋の音とキャベツを刻む音が大きくなって、湯気がもうもうと視界を覆ってきます。

いたたまれない気持ちになりました。スパゲティナポリタンは全部、食べ終わってしまっています。食後にコーヒーを頼もうと思っていたのですが、なぜだかそんな気持ちにはなれませんでした。

「すみません、そろそろ御会計をお願いできますか」と私はカウンターの奥に向かって声をかけました。

聞こえなかったのか、それとも聞こえないふりをしていたのか。何も返事がありません。私はもう一度、大きな声で同じことを言いました。

ややあって、どこからともなく奥さんが現れて、相変わらず私を遠巻きにしながら、「それでは、千二百五十円いただきます」と言ってきました。声が烈《はげ》しく震えています。

私はお釣りがでないよう、財布からぴったりの額の小銭と千円札を取り出し、カウンターの台の上に載せました。

その直後、あれほどたちこめていた湯気がぱーっと消えていき、カウンターの向こう側にいる奥さんと旦那さんの姿がはっきりわかるようになりました。

見ると、奥さんが旦那さんの腕にしがみついています。旦那さんは、そんな奥さんをかばうようにしながら、じっと私を見つめています。二人ともぶるぶる震えています。

何が何やら、意味がわかりません。私は場を和ませるつもりで微笑してみせながら、「いったいどうなさったんでしょう」と訊ねた。「なんだか様子が……」

「……お、お、おかしなこと聞くようだが」と旦那さんが言いました。やっぱり声が震えています。「……ほ、ほ、本当に森の奥の、あの山荘に？」

「ええ、そうですが」と私は言いました。「それが何か？」

「い、いや……別に。気味が悪いことを言ってすまないね。でもこれだけは言わせてもらう」と旦那さんは、今にも恐怖のあまり、顔を歪《ゆが》めて笑いだしそうな表情をしながら、震える指を私のほうに向けました。「さっきからそのあたりに人がいて……それが、あんたのそばにぴったりくっついてて離れようとしないんだよ」

「え？」

「二人いるよ。ひ、ひ、一人は女の人。もう一人は……く、く、車椅子に乗って……」

ふいにその時、奥さんが悲鳴をあげました。細く長く続く、それこそ気味の悪い悲鳴だったので、私のほうが恐怖にうちのめされました。わけがわからなくなって、私は椅子から立ち、挨拶《あいさつ》もそこそこに、猛烈な勢いで逃げるように店から外に飛び出しました。

外は雪がしんしんと降りしきっていて、物音ひとつしません。日はとっぷりと暮れ、真夜中のようにあたりが暗くなっています。「洋食キッチン　ごちそう亭」のガラス窓からもれてくる明かりだけが、白く積もった雪を照らしています。

しばらく走って、つと立ち止まり、振り返ってみました。店のガラス窓は相変わらず湯気に覆われています。中の様子はよく見えませんが、たぶん旦那さんのほうなのでしょう、大きな影がガラスに映ったかと思うと、窓には次から次へとブラインドが下ろされていきました。

何が起こったのか、考えるのも恐ろしいような気がしました。恐怖にかられた顔で私を見た夫妻の、その恐怖の内容が私にはわかるような気がするのです。

認めるのが怖いような、嬉しいような気分です。ずっと前からそんな気がしていたのを「ごちそう亭」の主人が指摘してくれたのです。やっぱり、と私は思いました。

そう、土屋さんと美咲が私のそばにいるのです。たぶんそうなのです。今も二人は私のそばにいて、私と一緒に山荘に戻りたがっているのです。二人はこれまでもずっと私と一緒にいたのです。そのことに私が気づいてあげられなかっただけなのです。

胸がいっぱいになり、私は雪の夜空を振り仰ぎました。そして、雪が自分の頰に舞い降りて溶けていくのを意識しつつ、土屋さんと美咲のことを考え続けました。

そんなに私と一緒にいたいのなら、どうしてさっき、私が出かける時、あんなに冷たい目をしていたの。もっと優しく友情のこもった目で私を見てほしかったのに。けっこうショックだったのよ。でも、あれはもしかすると、私が外出するのがいやだったからなの？　着いたばかりなのに、どうしてまた出かけるの、と思っていたから？

一方通行の会話ですが、充分、会話が成立しているような気になるのがふしぎです。

ただ、ただ、急《せ》くような想いにかられます。

私は車に乗り込み、エンジンをかけ、森の山荘に向かいました。嬉しいような、それでいてかすかな、得体の知れない不安がひたひたと押し寄せてくるような、妙な気持ちです。

誰もいない、一台の車も通っていない町道です。私の車のヘッドライトだけが、前方を照らします。雪がフロントガラスに次から次へと舞い降り、ワイパーを使っても使っても、まだまだガラス目掛けて降ってきます。視界がすべて、無数の白い模様に染められていきそうです。

どうして車が一台も通っていないんだろう。それどころか、周辺の民家にも明かりひとつ灯されていなくて、何もかもが死んだような寂しさの中に沈みこんでいます。早く山荘に戻りたい、という想いが強くなってきました。いえ、戻りたい、のではなく、戻らなくちゃ、と焦る気持ちのほうが強い。私は思いっきりアクセルを踏みこみ、ほとんどタイヤがスリップ寸前という荒い運転をしながら、町道から森の奥に続く未舗装の道に入りました。

別荘として使われているはずの家々に明かりはなく、もちろん街灯も一本もなくて、道を横切っていく動物もおらず、雪に閉じ込められたようになっている森の小径が、曲がりくねりながら先へ先へと続いているだけです。

早く、早く、という想いが私の中で爆発しそうになっています。早く戻って、鍵を開けて中に入って、雨戸を閉めて薪ストーブをたいて、部屋中を暖めて、熱いコーヒ

―でもいれてのんびりして……。

でも、私が本当にしたいのは、そういうことではないような気もしてきます。それならば、自分はいったい何をしたいと思っているのでしょう。想像もつきません。

やっと森の小径の突き当たりに、山荘が見えてきました。出かける時に灯したままにしておいたので、玄関灯がついています。そこだけが優しくいざなうように、私を待ってくれています。

車を停め、買ってきた食料品や雑貨の入った袋を抱え、私は雪にすべりそうになりながら玄関に急ぎました。ポケットに入れておいた山荘の鍵を使ってドアを開け、中に入ります。

出かけた時と何も変わらないまま、部屋はそこにあって、誰かがしのびこんだとか、この世のものではない何かがいたずらをした、といったような気配は何もありません。

ほっとした私は、玄関先でひと息つき、靴を脱いで家に上がりました。買ってきたものをキッチンの調理台に載せました。コートを脱ぎながら、リビングルームのテーブルに近づきました。

特に何が、というわけではありません。でも、そこだけ何かが変わっている気がしました。テーブルの上に、雑誌が一冊、開いた形で置かれているのです。出かけた時、私が置いたものではありません。そんなことをした覚えはありません。

疲れているせいなのか、意識がぼんやりしていくような気がします。私は立ったまま、雑誌を見下ろしました。古い週刊誌で、紙の表面が黄ばみかけています。

見開きのページに、横書きで大きく、「無残！　バス炎上！　乗客乗員全員死亡楽しみにしていた花見の会に行く途中」という見出しが見えました。

なぜ、あの事故の記事がこんなところに、と思いました。土屋さんと美咲のいたずら？　まさか。

私はこわごわ週刊誌を手にとり、ざっと眺めました。思い出したくない記事なのに、思わず目が離せなくなったのは、そこに死亡した六名の介護施設の入居者と二名の施設職員、運転手、入居者に付き添って花見の会に行こうとしていた家族や知人の、それぞれの名前と顔写真が掲載されていたからです。

声にならない悲鳴のようなものが、喉の奥からこみあげてきました。息を吸い込もうとするのですが、あふれてくる悲鳴で呼吸が止まりそうになります。今にも血を吐くのではないか、と思われるほど烈しく、私は悲鳴をあげ続けました。

死亡者の記載の中に、私は私自身の名前と顔写真を見つけたのです。

黒い丸で囲まれた私の顔写真。免許証の写真のように、正面を向いてまじめな顔をしています。

ぐるぐると時間がまわり続けています。過ぎ去った時間の彼方《かなた》に向かい、激流に流されていくかのような烈しさで引き戻されていきます。

そうだった……と私は地面の底に引きずりおろされるような感覚を味わいながら、すべてを思い出しました。

あの日、あの花見の会があった日、私は美咲と一緒にこの町に来ました。とてもいいお天気の日で、まさにお花見日和でした。私たちは東京で買ってきたお弁当や飲み物、お菓子をつめこんだ大型バッグを手に、まっすぐ土屋さんのいる施設に行き、土屋さんと共に施設が出してくれたマイクロバスに乗ったのでした。

すべてが一瞬の出来事だったのです。原因を考えたり驚いたり不安がったりする間もない、まさに「あっ」という間の出来事。だから、私は気づかなかったのかもしれない。自分が死んだことにすら……。

あゆみさんと連絡を取りあったことも、勤め先の社長と今も親しくしているということも、何もかもが死者になりきれていなかった私の妄想。私という、死にきれない死者の脳内に映し出されていた、ちょっとしたまぼろしの映像、まぼろしの音声……。

自分で車を運転してここに来て、町まで出て、食事をし、また車で戻って来た、というのも、死者である私が見続けてきた夢だったのかもしれない。

そう悟った瞬間のことです。それまであった居心地のいい、清潔な山荘の内部がスローモーションビデオでも観ている時のように、あるいはダリの絵の中の世界に入っていくかのように、ゆっくりと歪み始めました。床が軋《きし》み、斜めになっていきました。壁が剝がれ、天井が壊れ、あたりいちめん、埃《ほこり》が舞い始めました。

時空が渦を巻いています。私は渦の中に巻き込まれていきます。痛くも痒《かゆ》くもない。それどころか音もにおいもしない。無音と無痛、無感覚の中に私は吸い込まれていき、はたと気づくと、あとには蜘蛛の巣だらけの、柱が倒れ、窓ガラスにひびが入り、ねずみの糞《ふん》やら虫の死骸《しがい》やらがあちこちに散乱している廃墟《はいきょ》の風景が残されました。

そうだったの、と私は心の中で言いました。涙があふれてきました。私ったら、ばかみたい。今頃になるまで気づかなかったなんて……。

すぐそばに車椅子の気配がしています。美咲がつけていた香水のにおいが嗅ぎとれます。

二人が私を迎えに来てくれたのだ、と思います。やっとわかってくれたんだね、と言って呆《あき》れ、苦笑している美咲の声が聞こえてきそうです。そうです。きっと、たぶん、そういうことなんだろうと思います。

私の聴覚は、外を吹き荒れている雪まじりの木枯らしの音を聞き分けています。それは、まるで生きた人間が聞き分ける音のように、今もはっきり響いてきます。

立ち枯れた冬木立の中を吹き抜けて、びゅうびゅうと唸《うな》る、それはとても冷たくてさびしい音です。

なのに、その音に耳を傾けていると気持ちがどんどん鎮まって、穏やかになっていくのは、いったいどうしたことでしょう。朽ちかけた廃墟の中をゆったりと浮遊しているのは、どうしてこんなに心地のよいことなのでしょう。

日影歯科医院

ひるどきだったが、食事の支度をするのが億劫《おっくう》だった。そもそも空腹感がなかった。コンビニで買ってきた揚げおかきがあったのを思い出した。塩気のあるものが欲しかった。香澄《かすみ》は生ぬるい風を送ってくる扇風機の前に腰をおろし、のろのろと袋を開けた。

もち米の硬い部分を奥歯で思いきり強くかじった、その直後だった。奇妙な感覚が口の中に拡がった。おかきではない、何か別のものが舌の奥に転がり、思わず飲みくだしそうになって、慌てて吐き出した。

銀色のかぶせものが、ぽろりと膝《ひざ》の上に落ちてきた。パラジウム合金、という保険適用できるクラウンで、三年ほど前に東京の歯科医でかぶせてもらったものだった。

香澄はそれをつまみあげ、がっくりと肩を落とした。面倒なことになった、と思った。むき出しになった右奥歯を舌先でおそるおそるさぐってみた。陥没した穴と、ぎざぎざになった歯の一部が舌に触れた。痛みは感じなかったが、陥没の度合いは大きかった。

夫に深い関係の女がいるとわかって以来、心身ともに病み衰えた。食事も満足にとれないことが多かったから、気づかぬうちに歯肉まで急激にやせ細ってしまったのかもしれなかった。揚げおかきをかじったくらいで、こんなに簡単にクラウンがはずれてしまうなど、考えられない。

とれたクラウンを台所の水道水でそっと洗った。ティッシュで水気を拭《ふ》き取り、さらにそれを小さなビニールの小袋に入れた。捨てるつもりはなかった。もしかすると、このままうまくはめ直して使えるかもしれない。離婚後、なじみのない土地で暮らし始めたばかりの香澄に、経済的な余裕はなかった。

おかきの袋の口を輪ゴムで留め、少し考えてから、意を決して外出の支度を始めた。午後二時半。外はまだ炎天下だが、木陰がいくらか涼しくなり始める時刻だった。東京と違って、このあたりは少し奥に行けば川もあるし、小高い丘や雑木林も拡がっている。緑が鬱蒼《うっそう》と生い茂っている場所が多いので、真夏の日盛りのころでも外出できる。

積極的に外に出る気分になれたのは、歯医者を探す、という小さな目的ができたからだった。駅に隣接した商業施設の中にある歯医者には行きたくなかった。七階建ての、この界隈《かいわい》では一番垢《あか》抜けた感じのするビルに入っている歯科クリニックの評判がいいのは知っていた。

だが、地方都市の郊外にある小さなＪＲの駅とはいえ、駅周辺は人通りが多く、ごみごみしていた。せっかく心身を癒《いや》すつもりで、東京からこの町にやって来たのだから、無理はしたくなかった。賑《にぎ》わった場所はまだ苦手だったし、人にも会いたくない。今のところ、香澄が緊張せずに会って話せるのは、この町に住む母方の従兄《いとこ》、勝彦《かつひこ》とその妻、淳子《じゅんこ》だけだった。

駅から離れた場所にも、歯科医院があるかもしれない。のんびりとした田園風景の中に溶け込むようにして建っている、そんな医院を探しながら自転車を漕《こ》ぎ、疲れたら休み、夕方までに運良く見つけられれば、はずれたクラウンをそこで入れ直してもらう……そんな計画も悪くないように思えた。

財布の中に健康保険証が入っていることを確かめた。財布、スマートフォン、はずれたクラウンの入っている小袋を小さなショルダーバッグの中におさめた。

明るいクリーム色の壁のメゾネットマンションは建ったばかりで、香澄の他に入居しているのは、共稼ぎしている夫婦が二組だけ。越してきた直後、香澄は勝彦の妻、淳子に伴われて、その二世帯に挨拶《あいさつ》に出向いた。二世帯とも住人は、ごくふつうの人のよさそうな夫婦で、年齢は三十代前半だろうと思われた。今年三十二になった香澄と同世代なので、心安かった。どちらの夫婦にもまだ子どもはおらず、それぞれの仕事で手一杯のようで、うるさく部屋を訪ね合おうとする気配が見られなかったのが何よりもありがたかった。

自転車は勝彦からの借り物だった。マンションから勝彦の家までは歩いても行けないことはないが、十五分はかかる。バスに乗るほどでもなく、自転車があれば、どこに行くにも便利だから、ということで、夫妻が気をきかせてくれたのだった。

何から何まで、勝彦夫妻の世話になっていた。元気になって仕事をもつことができたら、真っ先に恩返しをしなければ、と思うが、それがいつになるのか、自分でも見当がつかないままでいるのが情けない。

東京では、我慢に我慢を重ねて夫の気持ちが戻ってくるのを待ち続けた。嫌味も皮肉も言わないように努力した。それなのに夫は、香澄と恋におちた時と同様、やさしい猫なで声で「ごめんな。やっぱり無理みたいなんだ」と離婚を切り出してきたのだった。

たまたま知り合いに誘われて出かけた小さなライブ会場で、ギタリストである彼の演奏を聴いたのが出会いだった。その音楽性に惹《ひ》かれた。才能のある人だ、と思った。二度三度と一人で通っているうちに、ライブを終えた彼から気さくに声をかけられるようになった。誘われてガード下の屋台で飲み明かすうちに、たちまち親しくなった。

母は香澄が中学の時に病死し、父は香澄が高校を出た年に再婚していた。若い再婚相手とはまったくウマが合わず、以来、父とは急速に疎遠になった。同い年の無名のギタリストとの結婚に反対する者は誰もいなかった。

無駄遣いは避けよう、という彼の提案を受け入れ、式は挙げなかった。婚姻届は二人そろって区役所に提出し、帰り道、彼の好物のとんこつラーメンを食べに行って、ビールで祝杯をあげた。

入籍して四年。楽しかったのは最初の二年間だけで、残る二年は嫉妬《しっと》と猜疑《さいぎ》心に苦しめられる毎日だった。夫は、ライブで地方まわりをするから、と嘘をつき続け、新しく恋におちたという、香澄よりも七つ年上の女とあちこち泊まり歩いていた。

七つ年上、というのが気にくわなかった。どうせなら、二十歳かそこらの小娘が相手であってほしかった。

暗い顔をしてふさぎこむ香澄を慰め、とってつけたような言い訳をした後、さっさとギターケースを手に出かけていく夫の後ろ姿が、まならに焼きついて消えなかった。嘘の弁解をし続けていた夫が、いつもと同じやさしい目をして事実を打ち明けてきた時の、どこかほっとしたような開き直り方、慰謝料を払えなくて申し訳ない、こんな甲斐性《かいしょう》なしの男と結婚してしまった香澄がかわいそうだ、と言い、明らかに嘘とわかる涙を浮かべた時のこと、その何もかもが香澄を痛めつけてやまなかった。

離婚して独りになってから、香澄は電車に乗ることができなくなった。そればかりか朝起きて、身だしなみを整えることすら不可能になった。なんとか人並みの暮らしを保証してくれていた事務職の仕事も、辞めざるを得なくなった。

狭いマンションの部屋で日がな一日、ろくな食事もとれずにいると、ふと生きていても仕方がないような気分に陥った。

友人は何人か持っていたつもりだったが、蓋《ふた》をあけてみると、皆、子育てや仕事に忙殺されていた。ろくでなしの夫の浮気が原因で離婚しただけの、どこにでも転がっているありふれた顚末《てんまつ》に同情し、心底、痛みを分かち合ってくれる相手は一人もいなかった。

そんな香澄を案じ、「こっちに引っ越して来いよ」と言ってくれたのが、二つ年上の従兄で幼なじみでもある勝彦だった。

勝彦はこの町出身の淳子と学生時代に恋におち、卒業後まもなく結婚。ひとり娘だった淳子の父親が経営する、地元の建設会社、向井《むかい》建設に入社した。婿としてのみならず、若さに似合わぬ勢いのある仕事ぶりが気にいられ、三十五を前にして早くも、義父の確かな後継者としての地位を築いていた。

「俺もだけど、淳子もめちゃくちゃ心配してるんだよ」と香澄の携帯に電話をかけてきた勝彦は言った。「ちゃんと食事、できてるのか？」

「うん、大丈夫、って感じの声には聞こえないけどね」と勝彦は言い、そこでいきなり話題を変えた。「うちの会社が建てて、賃貸に出してるマンションがあるんだ。単身者や若夫婦向けのメゾネットマンションでさ。一階がＬＤＫとバスルームで、二階に六畳の洋間と二畳くらいのウォークインクロゼット。小さいけどロフトもついてて、しかもピッカピカの新築。今ならまだ入居者も少ないから、俺の権限で香澄に貸してやれる。ここは田舎町だけど、空気もいいし、住みやすいよ。この町にひとまず落ち着いてさ、しばらく何も考えないでのんびりしろよ。香澄さえよかったら、毎日、うちで一緒に晩飯食おう。淳子もそうさせてほしい、って言ってる。話し相手ができて楽しいってさ。ゆうべもその話をしてたところなんだ。どう？」

その親切な、人情味あふれる従兄からの提案を前にして香澄がためらった理由はひとつしかなかった。無収入のまま、ＯＬだったころに貯めたわずかな預金を切り崩していく生活には、まったく自信が持てなかった。今さら新しい土地に趣《おもむ》き、のうのうと仕事もせず、療養生活気取りで贅沢《ぜいたく》に暮らすことなど、できるわけもなかった。

だが、正直にその不安を打ち明けると、勝彦は一笑に付した。仕事ができるくらいに元気になったら、すぐに向井建設で働いてもらうから、そのつもりでいてよ、と言う。

「でも、私、いつ元気になれるのか、全然、見えてこないから。どんどん悪くなりそうな感じもするし、それに恥ずかしいけど、新築マンションの部屋代なんか、とても払えないから無理」

「貸すとは言ったけど、部屋代を払えとは言わなかったよ」と勝彦は言い、大きく咳《せき》払《ばら》いをした。「当面の間、ただで使ってくれていいよ。光熱費くらいは払ってもらうけどさ。毎晩、うちに飯を喰《く》いに来れば、食費もいらない」

「ばか。そこまでかっちゃんに甘えられないよ」

香澄はそう言ったが、勝彦は聞く耳をもたなかった。「俺はさ、くっだらない最低の男にふりまわされて、死人みたいになってるやつをほっとけない性分なんだよ。ともかく、そんなとこでいつまでも一人でくすぶってないで、さっさとこっちに来なよ。こっちではいろんな手続きも、おれたち夫婦がやってやるから心配すんなって」

「でも、そんなことまで……」

「こんな好条件の話を無視するのは、救いようのないアホか、そうじゃなかったら、よほど俺のことを信用してないか、どっちかだね」

「かっちゃんのことは、世界で一番信用してる」

「じゃあ、ぐちゃぐちゃ言ってないで、即行動しなって。いいね？」

いいも悪いもなかった。考えてみれば、他に選択肢はなく、別れた男と暮らしていた日当たりの悪い賃貸マンションに、住み続けねばならない理由もないのだった。

……梅雨明けが例年より早かったせいで、すでにあたりには真夏の風景が拡がっていた。日向《ひなた》はさすがに焼けるような暑さだが、木陰に入ると涼しくて、ペダルを漕ぐ足にも力が入る。香澄は大きく深呼吸し、澄んだ空気を吸い込んだ。

町は川を真ん中にはさむ形で左右に拡がっていた。それほど大きくない川だったが、土地勘がない人間でも道に迷わずにすむのは、川を中心に町全体をいつでも俯瞰《ふかん》できるからだった。

川の下流に向かって左側に最寄り駅と、それに隣接する小さな商業施設、のどかな商店街がひとかたまりになっている。市役所や総合病院、小中学校や大型スーパーはすべて左岸にあった。

一方、川の右岸には、田畑や野原、こんもりとした雑木林が多く目につく。そんな中に民家も点在していて、古くからあったと思われる個人商店が何軒か立ち並んでいる。

この町に暮らし始めて二ヵ月が過ぎたが、香澄が右岸に行くのは初めてだった。これといった用もなかったし、川べりを散策するのなら、左岸で充分だったからだ。

川にかかる橋を渡った時、すれ違ったのは一台の軽トラックだけだった。雑木林から聞こえてくる何種類もの蟬の声以外、何も聞こえない。左岸の駅周辺とはうって変わった静けさである。

陽差しは強いが、木立を吹き抜けてくる風はさわやかだった。首筋や額ににじんだ汗が心地よい。木もれ日の躍る大地を自転車で駆け抜けながら、香澄はその爽快《そうかい》さに少しずつ気分が晴れてくるのを感じた。

橋を渡って右岸地区を数分、走ったころだった。一本の路地の奥、木陰になっている一角に、小ぢんまりとした古い建物が建っているのに気づいた。都会ではほとんど見かけなくなった、和洋折衷の平屋建ての家だった。目をこらして見ると、門柱に「日影《ひかげ》歯科医院」と彫られた、黒ずんだ木の看板がかかっている。

ほうら、やっぱりあったじゃない、と香澄は片足を地面につけたまま、にやにやした。地方の小さな町には例外なく、こうした古い歯科医院があるものなのだ。

路地の周囲に、他の住宅は建っていなかった。雑木林のみならず、草ぼうぼうの野原と化した空き地、畑などに囲まれ、少しうらさびしい界隈ではあったが、それは見るからに古くからあったと思われる歯科医院だった。

香澄はゆっくりと自転車を押しながら、近くまで行ってみた。日影歯科医院、というその名を「日陰」に変えたほうがいいのではないか、と思うと可笑《おか》しかった。

建物の後ろ側は、人の手が入った様子のない雑木林である。鬱蒼と葉が生い茂るあまり、光が遮られ、建物は文字通り、陰の中にのみこまれてしまっているように見える。

奥に向かって開け放された木の門扉には、診察時間を記した古びたボードが、錆《さ》びた針金で吊《つ》るされていた。医院の電話番号と診察時間が書かれている。古いものをそのまま使っているらしく、ところどころ文字がかすれている。

診察時間は9～12時、14～18時で、休診日が水曜日、日曜日、祝日……とあった。その日は木曜日で、しかも時刻は午後三時十分だった。

門からは苔《こけ》むした飛び石が連なっている。屋根にはいかめしい黒々とした日本瓦《がわら》が載っているが、両開きの玄関扉は、凹凸のある硬そうなガラス張りだった。色あせた水色の木枠で囲まれている。ドアの上部にはめこまれている半円形の色付きガラスは、ステンドグラスを模したいかにも安っぽいものだった。

まさに思い描いていた、理想の歯科医院そのものだった。静かで、予約なしで入っても気持ちよく迎えてもらえて、眠ったような夏の日の午後、歯を削る音だけが聞こえ、それすらも次第に遠のいて、ふとうたた寝したくなってくるような、そんなのどかな田舎町の歯科医院……。

香澄は求めていたものをすぐに見つけられたことに深く満足しながら、医院の門をくぐり、出入りの邪魔にならないよう注意して自転車を停めた。

肩から斜め掛けにしていたバッグを小脇に抱えた。木もれ日が音もなく躍っている飛び石を渡っていると、どこかでヒヨドリが鳴きながら飛び去る気配があった。涼やかな風が吹き抜けていき、裏の雑木林の木々がさわさわと葉ずれの音をたてた。

真鍮《しんちゅう》の丸いドアノブをそっと回した。両開きの玄関扉のうち、右側の扉だけが手前に開いた。ドアの開閉のたびに鈴が鳴るようになっているらしく、ドア上部に取り付けられた小さな鈴が、風鈴のような澄んだ音をたてた。

中は小暗くて、よく見えなかったが、三和土《たたき》には外の光がうすぼんやりと射していた。大人のものと思われるくすんだ色の、古びた靴が二足と、明らかに子ども用の小さなピンク色の靴、合計三足がきちんとそろえて並べられているのが目に入った。

「日影歯科医院」と油性ペンで書かれたビニール製の茶色いスリッパに足を入れ、香澄は暗さに慣れないままでいる目を瞬いた。

受付は正面。その左側に診察室に入るドア。ドアに面した廊下の奥が待合室を兼ねているようだった。

廊下の壁にそって長椅子が三つ並んでおり、そのうちのひとつ、一番奥の椅子に人影があった。廊下がうすぐらいせいで、よく見えなかったが、先客がいるのだから、順番までは少し待たなければならないだろう、と香澄は思った。

受付にはすりガラスの小窓がついていた。窓は閉じられたままだった。奥からはかすかに、歯を削る音が聞こえてきた。

香澄は小窓のガラスをそっとノックした。軽く咳払いをし、「すみません」と声に出して言った。

少し待ってみたが、反応がなかった。だが、小窓のすりガラスには、明らかに人影と思われるものが映っている。

香澄は小窓に手をかけ、「失礼します」と言いながらそっと引いてみた。開けた小窓のすぐ向こう側には、白衣を着てマスクをつけた女が立っていた。女は両手をだらりと前に垂らしたまま、香澄のほうではない、どこか別の虚空を見つめていた。

奥では歯を削る音が続いている。その音にかき消され、ノック音が聞こえなかったのか。女の様子は妙だった。

「あのう」と香澄はおそるおそる声をかけた。「すみません、初めてなんですが……」

女が香澄のほうにゆるりと顔を向けた。動作のひとつひとつが、ひどく大儀そうで、気の毒なほどだった。

三十七、八歳に見える女だった。ほっそりとやせていて背が高い。髪の毛を首のあたりで切りそろえ、ボブカットにしている。前髪を深くおろしている上、大きなマスクをつけているため、顔のほとんどが見えない。マスクと前髪の間にかろうじて見てとれる二つの目は、糸のように細かったが、想像できる顔だちは美しいと言えなくもなかった。

「あのう……実は私、さっき、硬いおかきを齧《かじ》ってたら、奥歯のクラウンがそっくりそのまま、とれちゃいまして」と香澄はできるだけ明るい口調で言った。「大きな穴が開いたまんまになっちゃったもんですから、できれば少しでも早くかぶせものをしていただきたくて」

女は小さくうなずいてから、低くこもった声で訊《たず》ねた。「健康保険証はお持ちですか」

香澄は「あ、はい」と答え、急いで財布をまさぐった。女は保険証を受け取るなり、うつむき加減になった。両サイドの髪の毛が、女の顔を被《おお》った。

「順番がきたらお呼びしますので、少々、お待ちください」

そっけなく小窓が閉じられようとしたので、香澄は慌ててそれを遮った。「すみません、一応、とれたクラウンを持ってきてるんですが……あのう、それをそのままはめ直していただく、っていうことはできるんでしょうか」

女はその質問には応《こた》えなかった。小窓の向こうで顔をそむけたまま、「少しお待ちください。お呼びします」と小声で繰り返しただけだった。

小窓が遠慮がちに閉じられた。女が閉じたのではなく、風か何かで自然に閉まっただけのようでもあった。

香澄はふと、言いようのない不安にかられた。胃の腑《ふ》が震え上がるような不安だった。歯をいじられる時は決まってそうなる。覚えのある緊張感と恐怖感を伴った不安である。だが、何かが少し違うような気もした。

待合室を兼ねている廊下の突きあたりには、窓があった。大きく開け放されていたが、外に密生している木々のせいで、少しも光を通していない。天井の明かりも灯《とも》されていない。そのため廊下は、嵐の日の夕暮れ時のように小暗かった。

並べられている三つの長椅子の、一番奥、窓に近いところには人が三人、座っていた。五、六歳と思われる小さな女の子と、女の子をはさむようにして座っている老夫婦だった。

老夫婦は、少しうつむき加減になったまま、目だけを隣の幼い女の子のほうに向けている。夫婦そろって、灰色の似たようなポロシャツに、同系色のズボンをはいており、夫のほうはごま塩頭、妻はすっかり白くなった髪の毛を首の後ろで小さく結い上げていた。

夫妻に守られるようにして真ん中に座っている女の子は、長く伸ばした黒髪を耳の両脇で三つ編みにし、白いリボンで結んでいる。丸襟の、白い半袖《はんそで》ブラウスに紺色のプリーツスカート。所在なげに両足を大きく前に伸ばし、しきりとぶらぶらさせていたが、総じておとなしい。落ち着きなく動きまわったり、愚図り出したり、といった素振りは見られなかった。

香澄は、彼らとひとつおいた一番手前の長椅子にそっと腰をおろした。

木製の長椅子には、間に合わせに端切れを縫い合わせて作ったと思われる、細長い座布団が敷かれていた。それはすっかり厚みを失い、紙のようにうすくなっていた。尻《しり》を落とすと湿った冷たさが伝わった。濡《ぬ》れているのではないか、と思われるほどの湿りけだった。

三人連れは無言のまま、じっとしている。これから治療を受けるのは幼い女の子なのか、それとも老夫婦なのか。あるいは三人とも治療を受けようとしているのかもしれず、そうだとしたら、香澄の順番は四番目ということになる。

待合室には、歯科医院によくあるような雑誌や漫画本のたぐいは置かれていなかった。壁には、古びた金縁の額におさめられた風景画が一枚。どこかの山を描いたもので、有名な画家の手になるものなのか、それとも素人が描いたものなのか、わかりかねた。

診察室の奥では、相変わらず歯を削る音が続いていた。話し声や物音は何も聞こえない。

ひとつおいた長椅子で、わずかに気配があった。小さな衣《きぬ》ずれの音が聞こえただけだったが、香澄は首をまわし、三人連れのほうをちらりと見た。

老夫婦は相変わらずうつむいた姿勢でじっとしていた。真ん中の女の子は、それまで腕に抱えていたものをしきりといじり回している。

その時まで気づかなかったものが、初めて香澄の目に飛びこんできた。女の子が抱いていたのは、豊かな黒髪を湛《たた》えた、いかにも上等そうな市松人形だった。濃い橙色《だいだいいろ》に金糸銀糸が織り込まれた、贅沢な振り袖の着物を着せてある。帯は金色。帯揚げは真紅。帯留は白。胸まである長いおかっぱ頭にした日本人形で、身長三十センチほど。

市松人形というのは、たいてい台座に立った姿で売られている。香澄も何度か百貨店の人形売り場などで見かけたことがある。だが、その子が抱いている人形は明らかに台座つきのものではなかった。腰の部分でL字形に曲げさせることもできる、抱き人形の役割も果たしているようだった。

人形を腰のあたりで二つに折り、女の子は自分の膝の上にのせて、不器用な手つきで静かに髪の毛や着物を撫《な》で続けている。人形の白い顔はよく見えたが、女の子の横顔ははっきりしなかった。

パンダやうさぎのぬいぐるみを抱いていないからといって、それが何なのか、と香澄は自分に言いきかせた。いまどきの幼い女の子が、古めかしい市松人形を抱いていても、別にかまわないではないか。動物の形をしたぬいぐるみよりも、人間の形をした人形が好きな子どもは大勢いる。それが市松人形になっただけのことだ。きっと、この人形は孫を溺愛《できあい》する祖父母が贈ったものに違いない……。

香澄は目をそらし、正面を向き、背筋を伸ばした。変わった女の子であることは事実だが、子どもは時に大人が呆《あき》れるようなものに執着する。香澄自身、幼かったころ、元気だった母が作ってくれた手袋人形が好きで、手袋の季節になっても手袋人形だけをポケットに入れて持ち歩いていたものだった。

外の蟬の声が騒々しい。油蟬とツクツクボウシによる、永遠に終わらない単調な混声合唱のようだ。合間に歯を削る音が聞こえる。何をやっているのだろう。ずっと歯を削り続けなければならない患者がいるのだろうか。香澄のこめかみを一筋、汗が伝って流れ落ちた。

院内にはエアコンがなく、扇風機のたぐいも置かれていなかった。そのことに気づかずにいられたのは、陽差しが遮られている建物特有の冷気のせいで、暑さを感じなかったからかもしれない。

だが、香澄は、背中や首すじのあたりにぐっしょりと冷たい汗がにじんでいるのを感じた。いやな気持ちになった。

時間がどのくらい過ぎたのかわからない。受付で保険証を手渡してから、ほんの十数分しか過ぎていないはずだが、すでに一時間以上、たったような気もする。

長椅子の三人連れは、相変わらず会話を交わす様子がない。さっきまで市松人形をいじっていた女の子も、しんと静まり返っている。

ことが何もなかったので、香澄はバッグを開け、スマートフォンを取り出した。すると作動しなくなっているのを知った時と、診察室のドアが、ぎい、と音をたてて開かれたのはほぼ同時だった。

受付にいたマスクの女が、香澄の名を呼び、「お待たせしました。中にお入りください」と言った。

香澄は立ち上がったが、長椅子のほうをちらりと振り返って「あの……でも……」と言った。「いいんでしょうか。こちらの方のほうが先だったんじゃ……」

マスクの女は、聞いているのかいないのか、有無を言わせぬ断固とした口調で、まっすぐに香澄を見つめたまま、「中にお入りください」と繰り返した。苛立《いらだ》っているような言い方にも聞こえた。香澄は慌ててバッグを手に、小走りに診察室の中に入った。

診察の順番は医師が決めることもある。待合室の長椅子にいた三人連れは、治療の内容が特殊なもので時間がかかるため、後回しになったのかもしれなかった。

診察室は広々としていた。床は白のタイル張り。中央に治療台が二つ。周囲の壁にそって、こまごまとした歯科関連の小物や治療器具が並べられている。廊下同様、部屋全体がうすぐらかったが、治療台の周辺だけは、煌々《こうこう》と照明が灯されていた。そのあまりの明るさのせいで、光が届かない部屋の片隅はどこもかしこも、墨がにじんだように煤黒《すすぐろ》く見えた。

歯科医は、四十代前半かと思われる男だった。受付の女同様、背が高く、大きなマスクをつけている。額の毛が少しうすく、もみあげのあたりに白いものが交ざっていることとくらいしか、特徴と呼べるものがない。マスクの上に覗《のぞ》く目は、ひどく落ちくぼんでいるからなのか、輪郭すらはっきりわからなかった。

医師ではなく、受付にいた女から「こちらにどうぞ」と言われ、香澄は向かって右側の診察台に座った。首にビニール製の前掛けをつけてもらいながら、香澄は奥歯のクラウンがとれてしまった話を医師に伝えた。

はずれたものを持ってきている、と言おうとしたが、すぐに診察台が倒された。治療を始めようとする医師の気配に気押され、何も言えなくなった。

口を開けてください、と言う医師の声が聞こえた気がした。小さな、蚊の鳴くような声だった。

口を開き、目を閉じた。緊張しながらも不思議と遠のいていくような意識の中、香澄は、今しがたまで聞こえていた歯を削る音を思い出した。診察室から治療を終えた患者が出てくるのは目にしなかった。見逃したはずはなかった。ずっと同じ長椅子に座り、診察室の入り口ドアが開くのを待っていたのだ。

診察室に患者は誰もいなかったのか。だとすれば、あの、歯を削る音は何だったのか。義歯を作っていたのか。だが、義歯、というのは通常、歯科技工士が作るものではなかったか。しかも診察時間帯に患者を待たせたまま、医師本人が義歯作りに熱中するなど、考えられない。

治療が始まった。医師はいかにも慣れた手つきで、香澄の、大きく開いた奥歯の穴を削ってなめらかにしたり、型取りをしたりし始めた。時間がかかったが、痛みはまったくなかった。そばにはマスクの女が付き添っていた。受付にいた女だが、資格を持つ歯科衛生士のようだった。器具を医師に手渡したり、香澄の口の中に細いバキュームを差し入れ、唾液を吸い取ってくれたり、こまごまと休むことなく手を動かしていて、そのすべての動きは医師とうまく連携しており、スムースだった。

診察室の窓は開いているらしく、涼しいそよ風が吹いてくるのが感じられた。裏の雑木林の蟬の声が聞こえてくる。香澄の中の緊張と、わけのわからない不安感は次第にうすれていった。医師の手つきは確実で、しかもてきぱきしており、身を委《ゆだ》ねている診察台の居心地もよかった。

閉じた目の奥に、診察台を照らし出すオレンジ色の光が映し出されている。ふと、心地よい眠りに誘われそうになる。歯の型取りで時間をおいている時も、口を半開きにしたまま、気づけばうとうとし始めている。そのたびに香澄は、慌てて大きく息を吸い、意識をはっきりさせようとした。

半分眠ったようになったまま、型取りが終わり、穴に詰め物が施された。口をゆすいで、と言われ、香澄が半身を起こしてコップの水で口をゆすいでいると、マスクの女が「来週の月曜日、来られますか」と訊ねてきた。

「あ、はい。大丈夫です」

「今日は仮の詰め物をしましたのでね。あくまでも仮のものなので、月曜日まではあまり硬いものは召し上がらないように」

「じゃあ、月曜日にはもう、新しいクラウンをはめていただけるんですね」

「そうです」

「早いんですね。東京では型を取ってからできあがるまで、もっと時間がかかったような気がします」

「そうでしたか」

「ありがとうございます。すごく助かります。穴が開いたままだと、こっちの歯でものが嚙《か》めないから、どうしようかと思ってて。私……東京からこの町に引っ越して来たばっかりで、この歯医者さんは知らなかったんです。でも、飛び込みで来てみてよかったです」

マスクの女は、細い目をさらに細めたが、何も言わなかった。

歯科医の姿は、その時すでになかった。マスクの女が、香澄の首にかけた前掛けをはずした。そのまま受付のほうに去って行こうとする女に向かって、「あの」と香澄は声をかけた。

女は立ち止まったが、振り返りはしなかった。女の細い立ち姿が、うすぐらい診察室の中にぼんやりと浮き上がった。

「……順番、先にしていただいたみたいで、申し訳ありませんでした」

女はそれに応えなかった。まるで香澄が何も言わなかったかのように、そのまま音もなく受付のほうに向かったかと思うと、うすい影にのまれて姿が見えなくなった。

香澄は冷たい白いタイルの上を歩き、診察室のドアを開け、廊下に出た。長椅子にいた三人の姿はすでになかった。

なんだ、と香澄は思った。あの三人は、治療してもらいに来てたんじゃなくて、何か別の用があっただけなんだ。……そう考えると、合点がいくような、いかないような気がした。

ほどなく受付の小窓が開いたので、香澄は小走りに近づいた。マスクの女が、香澄に健康保険証を返しながら、その日の治療代金を口にした。思っていたよりも安かった。だが、月曜日にクラウンをはめてもらった時は、それなりの金額になるのを覚悟しなければならなかった。

予定外の痛い出費であるには違いなかった。だが、こればかりは避けて通れない。

「ほんとにありがとうございました。お世話になりました」と香澄は今一度、心をこめてマスクの女に言った。

女はうなずき、目を細めた。お大事に、と言われたような気がした。小窓がするすると閉じられた。

誰もいなくなった待合室の、開け放された窓の向こうで、またしてもヒヨドリが甲高く鳴いた。緑濃い木々の葉が一斉に風に揺れ、窓枠に触れてざわざわと音をたてた。

はいていたスリッパを脱ぎ、もとあった通りにそろえた。三和土に脱いだ自分の靴をはきながら、香澄はふと、後ろを振り返った。誰かに見つめられているような気がしたからだが、それはただの錯覚で、窓から吹きこんできた夕方の風が、受付の横に貼られていた虫歯予防のポスターの破れ目をはたはたと鳴らしているだけだった。


「日影歯科医院？」

そう訊《き》き返しながら、勝彦は缶ビールを香澄のグラスと自分のグラスに等分に注いだ。

「知らないなあ。今は、このへんの人間はみんな、駅周辺の歯医者に行ってるからね。機械が新しいと痛みもないらしくてさ。インプラントもやってもらえるみたいだし。

おまけに衛生士の女の子がみんな可愛い、とかって、うちの社の若いのが騒いでたよ」

「でもそこの歯医者、全然痛くなかったんだ。すごく上手だった」香澄は勝彦に促されるまま、グラスを軽く宙に掲げ、ごくごくとビールを飲んだ。「機械が古くても腕のいいお医者さんだったら、痛みが少なくてすむのかもね」

「まあ、そりゃ、そうだな。ヤブ医者だったら、どんな最新式の機械を持ってても、無痛治療なんて、できないのかもな。あ、香澄、枝豆に塩が足りなかったら、これ」

言いながら、勝彦は食卓塩の小瓶を香澄に差し出し、焼き上がったばかりのハンバーグを運んできた妻の淳子に「なあ、日影歯科医院って知ってるか」と訊ねた。

「え？　ヒカゲ？　何それ」

「香澄が行って来たんだってさ。腕がよかったらしいよ」

「へえ、聞いたことないけど、どのへん？」

「川の右側のほう」と香澄は言った。「淳子さん、知らない？」

「聞いたことないな。子どものころ、通った歯医者は駅の近くだったし。今は、病院関係はほとんど全部、駅周辺に集まってるからね。勇樹《ゆうき》は？　知ってた？　日影歯科医院って」

その年の春、地元の小学校に入学した勝彦夫妻のひとり息子、勇樹は、湯気をあげている好物のハンバーグに気をとられるあまり、「知らない」とあっさり答えただけだった。

「でも、いい先生だったのよ。行ったのは今日が二度目で、今日、出来上がってきた新しいクラウンを入れてもらったばかりなんだけどね、てきぱきしてて、ほんと上手だった」と香澄は言った。

「クラウン、って金冠のこと？」

「そう。金色じゃなくて、銀色だけど」

「香澄ちゃん、なんで、金冠がとれちゃったの？」

おかき齧った時に、と香澄が言うと、淳子はいたずらっぽく笑い、「よっぽど湿気たおかきだったのねえ」とからかった。「もうなんでも食べられる？」

「うん、なんでもOK」

「よかったね。私に連絡してくれたら、駅の横の歯医者さん、紹介したのに。うち、両親もふくめて、家族全員、あそこなのよ」

「うん、そう思ったんだけど」と香澄は小さな嘘をついた。「ちょうど自転車でひとっ走りしたい気分だったから。偶然見つけたのよ、その歯医者さん。別に痛くなってたわけじゃないし、かぶせものをはめるだけなんだから、ここでもいいや、って思って」

「そっか。それが当たりだったのね。だったらほんと、よかったね。あ、かっちゃん、私の分もビール注《つ》いどいてくれない？　これでもう、あとはポテトサラダを持ってくればおしまいだから」

「よっしゃ」と勝彦は言い、缶ビールを開けるなり、淳子のグラスにビールを注いだ。

香澄は淳子を手伝うためにキッチンに行き、ポテトサラダを盛りつけたボウルと取り皿を手に食卓に戻った。すでにハンバーグを食べ始めている勇樹をよそに、ビールを飲み、枝豆やもろきゅう、冷や奴などをつまみ、勝彦も淳子も、すっかり寛《くつろ》いで、いつもと変わらぬ和やかな夕食のひとときとなった。

毎晩でもいいんだから遠慮しないで来いよ、と言われていても、さすがに毎晩、勝彦夫妻の家にあがりこむわけにはいかない。勝彦が在宅している時だけ、と香澄は決めていたが、独りで過ごす夜の長さに耐えきれず、気づけば足がこの家に向いてしまうことも少なくなかった。

やはり、心やすく話せる夫妻を前にしていると、忘れかけていた安息を取り戻すことができた。なによりも、香澄の状態を無言のうちに気づかってくれる夫妻には頭が下がった。離婚の話、東京でのつらかった生活の話はまったく出ない。質問もされない。今がどんな状態か、ということを訊ねられることもなく、夫妻はどうということのない、肩のこらない楽しい話題を提供してくれた。

息子の勇樹の学校での失敗談を披露し、ＴＶや雑誌で見聞きした有名人のゴシップ話に興じ、笑ったりうなずいたり感心したりしているうちに、ビールや焼酎《しょうちゅう》の酔いがまわる。後片付けを手伝って、時には勇樹の宿題をみてやったりもする。泊まってけばいいのに、と言われるが、それを受けたことはない。あまり遅くならないうちに、車の通行量の多い賑《にぎ》やかな道を選び、自転車を漕いでマンションに戻る。

月明かりを浴びながら、こんな夜、頭のおかしい暴漢に襲われて死んでしまっても、別にかまわないな、などと考えることもないではなかった。見知らぬ男に理由もなく襲われて、包丁でめった刺しにされたあげく、近くの叢《くさむら》の奥深く、放り出されたまま朽ちていく自分を想像する。そんな最期も自分らしいと考えてしまう。

だが、それは甘ったれた考えだった。少しでも早く元気を取り戻し、仕事を探し、この町でも東京でもいい、新しい一歩を踏み出さなければならない。過去の悔しい想いに浸って、嘆いているだけでは何も始まらない。

「……ねえ、なんていうんだっけ、さっきの歯医者さん」ビールを飲み終え、ハンバーグを食べ始めた淳子が香澄に訊ねた。

「日影歯科医院のこと？」

淳子は大きくうなずいた。「日影……ねえ。それにしても変わった名前ね」

「シャドウの影じゃなくて、陰気の陰、っていう字にすればよかったのに、って思うくらい、ほんとにその通りの建物なの。後ろ側が背の高い木ばっかり生えてる雑木林で、その木陰になっちゃってるもんだから、全然、日が射さなくて、うすぐらいの何のって」

「へえ。でも、昔はそういう歯医者さんってあったじゃない？　ちょっと風情があるよね。懐かしいね。そんなに古い歯医者なら、うちの両親が知ってるかも」と淳子は言った。「今度会ったら、聞いてみるけど、よさそうな先生じゃない？　幾つくらいの人だったの？」

「たぶん、四十を少し過ぎたくらいだと思う。奥さんと二人だけでやってるみたい」

「待ち時間とか、あった？」

「全然。たまたまだったんでしょうけど、患者は私だけ」

「予約とか、いらないの？」

「もちろん。飛び込みで行ったんだもの。あんまり流行《はや》ってない感じね。だから……歯医者さんとしてはどうなのか、本当のところはわかんないけど」

「腕がいいんだったら、それで充分よ。空《す》いてるなら、なおけっこう。何かあったら、勇樹も連れてこうかな。優秀なのに空いてる歯医者なんて、いまどき貴重よ。ね、勇樹」

「僕、虫歯なんか一個もないもん」と勇樹が言い、「そんなこと誰が言った」と勝彦がまぜっ返し、「ほんとにないんだから。歯医者なんか行かないよ。その必要ないから」と勇樹がませた口調で逃げ出す姿勢をみせたので、食卓は笑いに包まれた。

香澄はその時ふいに、何の理由もなく、市松人形を抱いた奇妙な女の子のことを思い出した。女の子と、その子を見守るように両脇に座っていた老夫婦……。彼らは香澄が治療を受けている間に帰ってしまっていたが、いったい彼らは何のためにあの医院の、うすぐらい待合室に座っていたのか。

その日、香澄が行った時は、医院の待合室には誰もいなかった。香澄だけが待合室の長椅子に座り、香澄だけが呼ばれて診察室に入り、前回同様、ほとんど何も話さない医師にクラウンをはめてもらって、雑談のひとつも交わさないまま、支払いをすませて帰って来たのだった。

思えば奇妙な歯科医院だった。四十代と三十代に見える夫婦とおぼしき男女は、まだ充分、若かった。歯科衛生士の女のほうは、姿かたちが美しかった。医師のほうも長身で、二人は似合いの夫婦と言えた。代々続く歯科医院の跡を継ぎ、夫婦そろって時代から取り残されたような医院を維持していかねばならない理由は、どこにもないように思われた。

あるいは現在、どこかに新しい歯科クリニックを建設中で、それが完成するまでの間、細々と診察を続けているだけ、とも考えられた。だが、それにしては、夫妻の様子は陰気だった。建物も文字通り、日陰の中に沈んでいた。歯科医としての腕がよかったので、今回は助かったが、人に薦められるような歯科医院とは言えない、と香澄は思った。

そんな話を勝彦夫妻に打ち明けようと思ったのだが、どういうわけか抵抗を覚えた。何故なのか、わからなかった。自分の経験したことを細かく説明しようとすると、たちまち頭が混乱してしまう。それとも、珍しくビールだけで酔いがまわり、人に聞かせるための長い話をすることが急に億劫になったせいなのか。

市松人形、女の子、老夫婦、といった単語は浮かんでくる。歯科医院の中のうすぐらさについて、冷たく光る白いタイルが敷きつめられた、手術室のような診察室、何もしゃべらない医師、鬱蒼とした雑木林に囲まれた土地……すぐに話せることばかりだったのだが、それらをうまく結びつけ、理解してもらえるように話をすることが、ひどく難しいことのように思われた。

話題には出してみたものの、淳子は本気で香澄が行った歯科医院に興味を抱いたわけではなさそうだった。食卓での、日影歯科医院に関する話はそこで終わった。

話題は次から次へと変わっていき、笑い声が絶え間なく弾《はじ》けた。酒にそれほど強くない勝彦は、すでに赤い顔になっていた。

香澄は、勧められるままに食後のコーヒーを飲み、デザートの巨峰を少しつまんだ。巨峰はその日、香澄がスーパーで買ってきたものだった。

あらかた食事がすむと、淳子と共に台所に立って洗い物をした。美肌効果があるというハーブティーやサプリメント、香りのいいシャワージェル、肩こりや生理痛にきく足ツボについて等々、女同士の話題は他愛のないものばかりで、だからこそ香澄には居心地がよかった。

後片付けがすみ、居間に戻ると、勝彦はソファーに大の字になり、胸にクッションを載せたまま鼾《いびき》をかいていた。勇樹はそのそばでTVにかじりついており、淳子はそんな息子を型通り叱って、早くお風呂《ふろ》に入ってきなさい、と優しく命じた。蚊とり線香のにおいがしていた。悲しいこともつらいことも、何ひとつ起こりそうにない幸福な家族の、幸福な夏の夜だった。

時が流れ、年が明け、厳しい冬も過ぎて春の息吹が感じられるころ、香澄は勝彦から無料で住まわせてもらっていたメゾネットマンションを出て、東京に戻ることになった。

のんびりした土地での暮らしと勝彦夫妻のおかげで、心身の状態はめきめきと回復していた。だめでもともと、と思い、東京にある、名が知られた中堅の雑誌社の面接を受けに行き、すんなりと採用されたのである。

編集部ではなく、広告宣伝部で、外回りが多いと聞かされた。病み上がりだという意識が強く、体力、精神力がもつかどうか、不安で二の足を踏んだものの、給料は決して悪くなくて、しかも住宅手当がついていた。逃げず、甘えず、生きることに立ち向かっていかねば、と香澄は自分を叱咤《しった》激励した。

慣れぬ職場での毎日には戸惑わされたが、それでも日々刻々、仕事が少しずつ自分のものになっていくのがわかった。社内の人間関係は、つかず離れずでうまくコントロールし、アパートの二階、２ＤＫでの独り暮らしも、それなりに快適なものになった。

過去をふり返る余裕すらない日々が過ぎていった。疲れて眠りに落ちれば、朝までぐっすり、夢も見ずに眠った。土曜と日曜の休日は、たまった洗濯をしたり、掃除をしたり、買い物に行って材料をそろえ、作りおきできるおかずを何品か作ったりして過ごした。ごくたまに、記憶の奥底をわざと突いて、思い出したくないものを甦《よみがえ》らせてみたりすることもないではなかったが、それも次第に間遠になっていくのがわかった。

勝彦や淳子とはよく電話で話をした。メールも交わした。淳子からは頻繁に、季節の果物や野菜が送られてきた。香澄はそのたびに奮発して、デパートの地下で菓子を買い、返礼した。

そんな日々が過ぎていき、その年の秋も終わりかけたころ、勝彦から連絡があった。

急に仕事で上京することになったが、夜の予定は入れていないので会わないか、という。

「会おう会おう。でも珍しいね、かっちゃん、仕事で東京なんて」と香澄が言うと、彼はぽつりと「そうだな」と言った。

どこかしら、元気がなさそうだった。気のせいか、声が少しうわずっていて、それは何か、言いにくいことを抱えている人間の話し方のように香澄には思えた。

「ねえ、どうかした？」

「何で？」

「なんかちょっと、いつもと違う感じがするから」

「そうか？　俺はどうもしてないよ」

「そっか。じゃあ、気のせいだね。待ち合わせ、何時にしようか。何が食べたい？」

「何時でもいいよ。香澄に合わせる」

「六時半だときついかなぁ。七時でいい？」

「いいよ。食べるのはなんでもいいよ。奢《おご》るから」

「そんな……かっちゃんにはいくら奢っても奢り足りないくらいなんだから、私に奢らせてよ。高いフレンチ、ってわけにはいかないけど、おでん屋なんかどう？　会社の近くに、静かで感じのいいおでん屋があるんだ。予約もできるはずだし」

「ああ、いいね。そうしよう」

くだんのおでん屋は、香澄の勤める雑誌社の最寄り駅から、歩いて五、六分のところにあった。社の同僚と共に、仕事帰りに立ち寄ったことがある。表通りに面した雑居ビルの地下で、わかりやすい場所だったため、店で直接、待ち合わせる、ということで話が決まった。

三日後、香澄が約束通り、七時きっかりにおでん屋に行くと、カウンターの一番奥に、すでに勝彦の姿があった。店内には他に一組、中年男の二人連れがいるだけだった。

「早かったんだね、かっちゃん。私も最速で来たつもりだけど、今日は負けた」

「仕事、ったって、たいしたもんじゃなかったからね。予定より早く終わっちゃったんだ」と勝彦は言い、すでに飲み始めていたビールの残りをひと息に飲みほした。

「さて、香澄は何を飲む？　日本酒？」

「とりあえずビールにする」そう言いながら、香澄はすでに顔見知りになっていた店の女将《おかみ》に生ビールを注文した。勝彦はカウンターの内側を覗き込み、俺は大根とちくわ、がんもをください、あと日本酒を温燗《ぬるかん》で一本、と言った。私ははんぺん、こんにゃく、がんもと香澄も後に続き、運ばれてきたビールと酒を手に、二人は軽く乾杯をした。

東京での暮らしの話や仕事の話、勇樹や淳子の近況は、頻繁に電話やメールで伝え合っているので、改まって話すことも少なかった。

日が落ちると気温が下がり、外は寒かったが、店内には温かな湯気が満ちていた。会話を邪魔しない程度に小さく流れている音楽は、有線放送のJ-POPで、そこに時折、中年男二人組の大きな笑い声が混ざった。

「あのさ、香澄」

勝彦が丸めた背をいっそう丸め、前を向いたまま言った。言いにくそうな口ぶりだった。

「何？」

「いや……実は今日は、仕事で来た、って言ったけど……事実、仕事はあったんだけど、でも本当の目的は違ったんだ。香澄に話したいことがあったから来た」

「やあだ、何よ、かっちゃんたら。改まって」

「いや、別に改まったような話でもないんだけどさ」

「変ね。……いやな話？」

勝彦はいきなり姿勢を正し、深く息を吸った。「そうだな。いい話、とは言えないな」

香澄は眉《まゆ》をひそめた。「もしかして、淳子さんに何かあったの？　それとも勇樹くんに？」

「いや、そういうことじゃないんだ。順番に話すから。……今から二週間くらい前のことなんだけどさ。現場に出てた解体業者から会社に電話がかかってきてね。地元のなじみの業者だよ。うちがそこに、或《あ》る建物の解体を依頼してたんだ。と言っても、依頼したのは俺じゃなくて、向井建設の別の部署の人間。俺はそのことを知らなかったんだよ。でも、その部署の人間が責任者もふくめて、その日はたまたま全員、不在でさ。電話が俺んとこにまわってきたってわけで……」

何を話されるのか、想像もつかなかった。だが、香澄はなぜか、その時すでに勝彦が話そうとしていることの内容の恐ろしさを知っているように感じた。その話を聞くことになる瞬間が、いつか必ずやってくると、ずいぶん前からわかっていたかのようでもあった。香澄は全身を硬くし、勝彦の次の言葉を待った。

「でね、話はここからなんだけど、解体を請け負った業者が電話で言うには、その解体現場から……」と勝彦は言い、少し間をおいた。「……変なものが出てきた、って」

「何、それ」

「民家の解体だったんだよ。ふつうは、そんなもの、簡単に解体できるんだ。最近は、解体した後で燃えるものと燃えないものを分別しなくちゃいけないから、昔よりはるかに時間がかかるようになったけどね。それでもビルの解体とはわけが違う。住宅の解体は、そんなに大変なものじゃないんだよ。それが……」

「……何？」

「うん。つまり、解体してた家の奥にね、コンクリートで頑丈に固められた壁があった、っていうんだ。木造の家なのに、おかしいと思って、それを重機でがつがつ壊してたらしいんだけど、そこに小部屋が現れた、って」

香澄は横にいる勝彦のほうを見た。勝彦は相変わらず前を向いたまま、少しうつむき加減で話し続けていた。

「どうすればいいか、って言ってきたんだよ、業者が。うん、つまり、警察を呼ばなくてもいいのかどうか、ってことだったんだけど、でも、現場に行っていない俺には、さっぱり情況がつかめなくてさ。事件性があることなのかどうなのか、まったくわからないだろ。ただの物好きが作っただけの小部屋かもしれないわけだしさ。だから、すぐに行く、とりあえずそのまま待っててほしい、って言って、俺、自分で車とばして現場まで行ったんだよ」

勝彦は手酌で酒を猪口《ちょこ》に注いだ。それをあおるように飲みほしてから、小さくため息をついた。

「でさ、ちょっと話が前後するけど、その住宅の解体をうちに依頼してきたのが、どこの何者だったのか、おかしなことに今もわかってないんだ。解体を扱う部署の責任者は、又聞きで受けただけ、って言うし、知り合いのそのまた知り合い、みたいな感じで誰かが依頼してきたらしくて、結局、どこの誰が解体を頼んできたのか、現時点ではなんにもわかんないまんまなんだよ。でさ、香澄。その住宅ってさ、何だったと思う？」

「そんなこと……」香澄は笑ってみせようとしたが、うまくいかなかった。「……私にわかるわけないじゃない」

「……歯医者だよ」と勝彦は言った。「香澄が行った、って言ってた歯医者。日影歯科医院」

何か言おうとしたのだが、言葉が出てこなかった。香澄は身体の奥底に、それとは気づかないほどかすかな悪寒が走るのを感じた。

「解体中に、医院の看板が出てきたんだよ。診察室もほぼそのままだったみたいでね。コンクリートで固められた小部屋は、その診察室の奥にあった。隠し部屋だったのか、それとも……」

「ちょっと待ってよ」と香澄は言った。口の中が渇き始めた。「私があの歯医者に行ってから、まだ一年と少ししかたってないのよ。なんで解体されることになったの？　急に医院をやめたってこと？　でも、どうして？　たしかに流行ってなさそうな歯医者だったけど、やめただけじゃなくて、解体までする必要なんか、ないじゃない」

勝彦は気の毒そうな顔をして、上目づかいに香澄を見た。「香澄、よく聞けよ。日影歯科医院はね、昭和五十八年……一九八三年に廃院になってるんだ。それ以後、建物だけが廃屋としてあそこにあって、誰も住んでない。そのことは淳子の父親から聞いたし、俺も確かめた」

「嘘」と香澄は低く呻《うめ》くように言った。「私、あそこで歯の治療を受けたのよ」

「こんなこと、言いたくないよ。でも、事実なんだよ。香澄が歯の治療を受けたって言ってた時、もう、あそこに歯科医院なんか、なかったんだよ」

「何言ってるの、かっちゃん。私、奥歯のクラウンを入れてもらったんだから。今もここにはまってるんだから。私の作り話だった、って言いたいの?」

「違う。香澄の言ってたことを否定するためにここに来たんじゃないよ。むしろ逆だよ。いいか、香澄。俺、いろいろ、調べたんだ」と勝彦は言った。「一九八三年に廃院になった時、地元では噂がたったんだよ。そのうち噂そのものが立ち消えたみたいだけど……香澄は、あの医院は夫婦が経営してた、って言ってたよね」

「夫婦かどうかは聞いたわけじゃないから確かじゃないけど、夫婦みたいだった。院長とその妻。奥さんのほうが歯科衛生士だったのは間違いない。現に私の治療の手伝いをしてくれたし」

「院長と歯科衛生士、っていうのは当たってる。でもさ、彼らは夫婦じゃなかったんだよ。……彼らは血を分けた兄と妹だったんだ」

　香澄が黙っていると、勝彦は目をふせ、後ろ頭をごしごしとこすった。「二人とも独身だった。独身のまま、一緒に歯科医院を始めて、一緒に診察にあたってた。そのうちに、妹が兄貴の子どもを身ごもった、っていう話だよ。つまり、そういう関係だった、ってわけだ。大きくなるお腹を隠して白衣を着てたらしいけど、患者の間で噂がたって、そうこうするうちに妹が診察室に現れなくなって、でも、次に現れた時はもう、何事もなかったみたいに二人は歯科医院の仕事に精を出してたって。でも、妹がいったいどこで出産したのか、生まれた子がどこにいったのか、堕胎したのか、それとも人に預けたのか、誰も知らない」

　苦いものが香澄の喉《のど》もとにこみあげた。意地悪く勝彦を見据え、微笑した。「かっちゃんたら、まるで見てきたような話をするのね。どうしてそこまでわかったのよ」

「淳子の両親が重い口を開いてくれたんだ。当時、地元では知らない人のない事件だったんだよ。もちろん、淳子は当時、生まれたばかりで、何も知りようがないし、俺だって、知るわけもない。知ってたのは古くからあの町に住んでた連中で、彼らの間では公然の秘密として通ってたらしい。さすがに時がたって、世代交代を繰り返して、今はもう、表立って口にする人間は誰もいなくなった、って話だよ」

　香澄は落ち着きを失い、カウンターの向こうにいる女将に温燗を一本と水を頼んだ。

先に運ばれてきたグラスの水をごくごくと飲みほしてみたが、胸の中でどんどん肥大化していく恐怖心はとどまるところを知らなかった。

「話がこんがらがらないうちに言っておくよ」と勝彦は言い、カウンターの上で疲れきったように頬づえをついた。「現場に行った俺は、瓦礫《がれき》の中で途方にくれた顔をしてる解体の連中を見つけた。重機は動かしてなくて、みんな、ほんとに呆然《ぼうぜん》としてたよ。うす気味悪いものを見つけちゃったんだからね。コンクリートで固められてた小部屋、ってのは、そうだな、四畳半くらいの小さな部屋だった。畳が敷かれてたよ。もちろん、ぼろぼろに腐ってたけど。白骨死体とかさ、そういうものがあるんじゃないかと思って、俺、すげえ怖かったよ。でも、幸い、何もなかった。いや、何もなかった、っていうのは語弊がある。あったんだ。何だったと思う？」

温燗の徳利が運ばれてきた。香澄はその徳利に描かれた青い河童《かっぱ》の絵柄を見つめ、浅い呼吸を繰り返しながらじっとしていた。

「畳の真ん中に小さなベッドが置かれてた」と勝彦は言った。「子ども用のベッドだよ。ちゃんとした住宅用のベッドじゃなくて、病院なんかで使われてる、スチール製の安っぽいやつ。ベッドにはうすい敷き布団が敷かれてて、掛け布団がかかってた。子ども用の枕もあった。全部、どうしようもないほど色あせてたけど、元はたぶん、淡いピンクの花柄か何かだったんだろうと思う」

そこまで言うと、勝彦は黙ったまま、運ばれてきたばかりの温燗の徳利を手にし、自分の猪口に注いだ。それに口をつけた後、彼は「その布団に」と言った。「一体の人形が寝かされてた。仰向《あおむ》けに。黒い髪の日本人形。市松人形っていうやつ。派手な着物の人形だったけど、帯のあたりと顔半分を……たぶん鼠だな……食われてた」

頭の芯《しん》に強いしびれが走った。香澄は叫びだしそうになるのをこらえた。

「何の意味があったんだろうね」と勝彦はぼんやりとした口調で続けた。「きっと生まれたのは女の子だったのかもしれない。兄と妹が作った子、っていうことだけじゃなくて、他にもいろんな事情があったんだろう。どうしても生まれた子を隠しとかなきゃいけなかったんだろうよ。それで、思いあまって医院の奥に座敷牢《ろう》みたいな部屋を作って、人目にふれないように女の子を閉じ込めて……それでも、実の子だからかわいそうでたまらなくて、人形を買い与えたのかもしれない。しかし、それにしても、なんていやな話なんだろうね。俺、一生、忘れられないよ。だいたい、その子は今、どこでどうしてるんだろう。日影院長とその妹が生きてるかどうかもわかんない。あんな小さな部屋で、その子は人形を抱きながら隠れて生きなきゃいけなかったんだろうか。……淳子はさ、こんな話、香澄の耳に入れないほうがいい、って言うんだ。でも、俺は逆でさ。隠しておくよりも、香澄に知らせたかった。きっと、香澄はさ、心が弱ってた時だったから、時空を超えて、っていうのかさ、とっくに廃院になってた歯医者に行って、もうとっくにこの世にいないのかもしれない医者の治療を受けたんだよ。この世にはそんな不思議なことが起こる、っていうことをさ、俺、元気になった香澄に教えたかったんだよ」

「あの……あの……」と香澄はかすれた声で言った。息が苦しかった。「かっちゃん、その子に人形を買ってあげたのはね、その子を生んだ両親じゃないのよ。その子のおじいさんとおばあさんにあたる人が買ってあげたのよ。日影院長とその妹の両親。孫が不憫《ふびん》だったのよ。だから、市松人形を買ってあげて、その子、片時も離さずに大事に抱っこしてたのよ」

勝彦がじろりと目を剝《む》いて香澄を見た。勝彦らしからぬ、恐ろしい形相だった。

「……なんで、そんなことを……」

見たから、と香澄は言った。瓶の中でしゃべっているような声になっていた。

口の中で奥歯をさがした。日影院長にはめてもらった奥歯のクラウンが、香澄の舌先になめらかに触れた。

ゾフィーの手袋

「あれ」を最初に見た時のことは、はっきり覚えている。夫の四十九日法要を終えてから、ちょうど一週間後の午後だった。

朝から陰気な霧がたちこめた日で、木々も家々の屋根も道路も電柱も、何もかもが煤《すす》けたミルク色の中に沈んで見えた。花の季節だというのに、ひどく肌寒く、バス停でバスを待っているだけで首筋にぞくぞくと悪寒が走った。

出かけるにはあいにくの空模様だったが、どうしても駅前の銀行に行く必要があった。現金が底をついていたし、幾つかの振り込みもしなくてはならなかった。ついでにスーパーに寄り、新鮮なフルーツや野菜、魚などを買って来たかった。

夫が死んだのは、三月に入ったばかりの日曜の朝である。昼近くになっても起きる気配がなかったので、不審に思った。日曜の朝は遅くまで寝ているのがふつうだったが、いくらなんでも、そんな時間まで眠っているというのは妙だった。私は寝室のドアを開け、明るく声をかけた。

夫は布団を頭までかぶったまま、丸くなっていた。駆け寄って行き、布団の上から強く揺すったが、反応はなかった。

くも膜下出血による急死、と断定された。せめて二時間前に気づいていれば、と検視にあたった医師から言われた。二時間前に救急搬送することができたら、奇跡が起こっていたかもしれない、とのことで、それを聞いた私は泣きくずれた。

よく晴れた朝だった。私はたまった洗濯をするため、起きてすぐ洗濯機をまわし始めた。

前の晩、夫は帰宅するなり、なんだか頭痛がする、と言って市販薬を飲み、早めに床についた。疲れている様子だったので、充分に睡眠をとらせてやりたかった。そのため、洗濯機の音が寝室まで届かないよう、洗面所の戸をきちんと閉めておく、という配慮も怠らなかった。あらかたの朝の家事をすませ、二人分の朝食を作り、新聞を読みながら彼が起き出してくるのを待った。

私は自分を責め続けた。もっと早く起こしに行っていれば、異変に気づいたはずだった。呑気《のんき》に洗濯物を干し、鼻唄まじりに食事を作り、いれたての紅茶を飲みながら、のんびり朝刊に目を通していた自分を殺してやりたかった。

自分さえ、もっと勘を働かせていたら。前夜の彼の頭痛が、いつもと違って何か変だと気づいていたら。そうできていたら、夫は今も生きていたかもしれないのだ。私自身の鈍感さが、彼を死なせてしまったのだ……。

だが、そんなふうに、誰のせいでもないことで自分を追いこみ、ぐずぐずと涙に暮れていても、夫が生き返るわけではなかった。

私はとりあえずまだ、生きていた。半病人のようになってはいたが、呼吸はしていた。食べるものがなくなれば買いに行かねばならず、支払うべきものがあれば振り込みに行かねばならない。混乱のさなかにあるからといって、いつまでも泣き暮らしていたら、前に進めなくなる……気持ちを奮い立たせ、なんとかそう思えるようになったのも、義母や夫の勤務先の人々、私の実家の両親らに助けられて、滞りなく四十九日の法要を終えることができたせいかもしれなかった。

東京郊外の住宅地。JRの駅前からバスに乗って十五、六分ほど。もともとは義父母が長く住んでいた旧《ふる》い家である。

五年前、私が三十五歳、夫が四十歳になる年に、私たちは結婚した。共に初婚だった。

すでに未亡人になっていた義母は、待ってましたとばかりに家を私たちのために明け渡した。長く暮らした家は離れがたいが、やはり年老いていく中で、あちこち問題が生じやすい旧い建物は煩わしい、第一、冬場が寒すぎて、血圧の高い自分には不向きになった、ここはもう、まだ先の長いあなたたちに任せることにして、老後は交通の便のいい、駅前のマンションで暮らしたい、と言い、義母は可愛がっているオスのポメラニアンを連れて、駅前に新しく建設された明るいマンションにいそいそと引っ越して行った。

夫が生まれる前からそこにあったという家は平屋建てで、義母に言われるまでもなく旧かった。正直なところ初めから、私の手に負えるだろうか、と不安だった。

廊下も柱も黒光りしていた。湿気がこもりやすいのか、よほど換気に気をつけていないと、梅雨どきなど、どこからともなく黴《かび》のにおいが漂ってきた。庭には鬱蒼《うっそう》と木々が生い茂り、いくら植木屋に剪定《せんてい》させてもすぐに枝葉を伸ばして、あちこちに日陰を作った。

玄関脇に、応接室として使われてきた洋間が一つ。廊下にそって和室が三つ。独立した広めの洋間が一つ。その洋間と廊下をはさんだ正面に、クローゼットを兼ねた小さな板の間が一つ。台所は広く、中央に置いたテーブルで食事を済ませることもできたが、冬場は寒くて閉口した。風格はあるが、掃除も大変なら、メンテナンスにも逐一、気をつかってやらねばならない家だった。

結婚したら義母と同居することになる、と思いこんでいたため、私の気は重かった。旧い家を大切に守って暮らしてきた年配者が、ろくな主婦業もできない私のような人間を相手にすれば、万事、苛立《いらだ》つことばかりになるだろう。関係がぎくしゃくするのは目に見えていたので、私は、義母があっさりと駅前のマンションに引っ越す、と言い出した時、内心、ひそかに小躍りしたものだった。

だが、こんなに早く夫に死なれるとわかっていたら、私は喜んで義母と同居していたと思う。いくら小言や嫌味を言われてもかまわない。駅前のマンションなんぞに行かず、お願いですから、ここでずっと私と一緒に暮らしてください、と自分から頼んでいただろう。そして、夫の死後も、義母と小さな犬と一緒に、慎《つつ》ましくこの家を守り、夫を偲《しの》びながら静かに暮らしていたことだろう。「あれ」に怯《おび》え続けることなく、暮らしていけるのなら、私は何だってしただろう。

……主《あるじ》を失った家は、渦巻く霧の中に青黒く横たわっているように見えた。青黒く見えたのは、屋根に載っている煤けた洋瓦《ようがわら》が青みを帯びていたせいもあるが、私には家そのものがもう、呼吸をすることをやめてしまったようにも感じられた。

出迎える者もいない家の玄関の鍵《かぎ》を開け、蝶番《ちょうつがい》のたてる錆《さ》びついた音を耳にしながら、私は中に入った。

家中に線香のにおいがたちこめていた。まるで、今もなお、線香が焚《た》かれているかのようだった。何か変だな、と感じた。

夫の位牌《いはい》と遺影は、これまで私たちが寝室として使っていた奥の洋間に置いてある。線香は出かける時に消した。何度も消えていることを確認した。心身ともに弱り果ててはいたが、線香による火災に気を配るだけの理性は残っていた。

夫亡き後、夫の仕事関係者や知人から、箱入りの贅沢《ぜいたく》な線香がいくつも送られてきた。ひとつとして同じものはなかった。夫を偲ぶためにも、毎日、においの異なるものを焚くようにしてきた。

その朝、焚いた線香は、京都の著名な寺で使われているという特製のものだった。いささか香りが強いものだったため、そのせいで今日は、消したあとの残り香もきつく、時間がたっても、家中に線香のにおいが漂っているように感じるだけかもしれない……そう考えるしかなかった。

気を取り直し、ふだん履いているスリッパにはきかえようとして、私はふと動きを止めた。

出かける時、脱いだスリッパはきちんとそろえておいたはずだった。だが、スリッパの片方が裏返しのまま、ハの字形に転がっていた。

別に特別几帳面《きちようめん》な人ではなかったし、神経質な面も見られなかったが、夫は自分が脱ぎ着するものに関してだけは決しておろそかにはしなかった。脱いだものは衣類であれ、下着であれ、履物であれ、元あった通りにそろえておく。衣類なら皺《しわ》をのばしてハンガーにかける。畳む。履物なら、それに足を入れやすいよう、形を整える。母親からそうするよう躾《しつ》けられてきた、という話だった。

そのため自然に私も、同じようにする習慣が身についた。独身時代は、もっとだらしのないところがあったのに、夫にならって、衣類はもちろんのこと、どんなに急いでいる時も、脱いだスリッパを乱雑にしたまま出かけることは一切、なくなった。

家を出る時、スリッパはそろえたつもりだったのが、そうしていなかったのだろうか、と私は思った。悲しみに沈むあまり、やったつもりでいて、実際は脱ぎっぱなしだったのかもしれない。

その時は、そうとしか考えなかった。深い喪失感は、私の中の記憶力や意識の持ち方、時間感覚すら変えてしまっていた。実際、外出時にスリッパをそろえたかどうか、など、ある意味ではどうでもいいことだった。

裏返しになっていた片方のスリッパを元に戻し、爪先《つまさき》を入れて、私はのろのろとスーパーで買ったものを詰めたレジ袋を持ち上げた。バス停から家まではほんの数分だったが、その距離を持ち歩いてきた以上に、袋はずっしりと重たく感じられた。

霧のせいもあって、家の中はどこもかしこもうすぐらかった。明かりが欲しかったが、両手は塞《ふさ》がっていた。廊下の明かりは玄関脇の壁にしかない。再び玄関先まで戻るのは億劫《おっくう》だった。

のろのろと台所に向かおうとした、その時だった。長い廊下の右側にある台所の少し先、突き当たりの壁の前あたりを、すうっ、と音もなく、白い人影が横切っていくのが視界に入った。

左側から右側に。時間にして三、四秒。いや、もっと短かったか。

正面左側は寝室。廊下をはさんだ右側は衣類のクローゼットに使っている板敷きの納戸だった。人影は明らかに寝室から出て来て、その納戸に向かい、ふっと虚空に吸い込まれていったかのように見えた。

私はぼんやりと突っ立ったままでいた。ぞっとする、とか、総毛立つとか、悲鳴が迸《ほとばし》る、といった恐怖の感覚は希薄だった。むしろ、理解しがたいものを目にして、意識をそこに集中させようとする落ち着きに包まれてすらいた。

女の人だ、ということは瞬時に判別できた。細く偏平な感じのする身体。栗色の髪の毛を三つ編みにし、きっちりと結い上げている。丈の長い、白っぽい薄手のワンピースのようなものを着ている。だらりと下げたその両手は、白い手袋に包まれている……。

気がつくと、私は手にしていたスーパーの袋を廊下に落としていた。どさり、という重たい音があたりに響いた。春トマトがひとつ、廊下を転がっていくのがわかった。

寝室から納戸に向かって廊下を横切っていった女が、手袋をはめていたかどうか、はっきり確認したわけではない。だが、私は、瞬時のうちに意識下で見分けていたのかもしれない。

白く薄い、シルクの手袋……。たった一度しか目にしたことがないというのに、常に私の記憶の中から消えず、ありもしないことで嫉妬《しっと》をかきたてられ、苦しめられていた。あの女がはめていた手袋……。

女は日本人ではなかった。名前をゾフィーという。ゾフィー・ベッケンハウアー。ウィーン生まれのオーストリア人で、ゾフィーは私と夫が結婚してから半年後、今にも雪に変わりそうな冷たい雨のそぼ降る中、ウィーン郊外にある自宅の裏庭の木に紐《ひも》を渡し、縊《くび》れた。

夫、城之内明《じょうのうちあきら》は、大学院を卒業してから、外資系の製薬会社に入社。研究職の仕事についた。入社五年目で、ウィーン本社勤務の辞令が出され、単身、渡欧して以来、研究ひとすじの毎日を送った。

三十五になった年に、彼は現地でゾフィー・ベッケンハウアーという若い女と親しくなった。ウィーンに生まれ、ウィーンで育ったという彼女が、彼のいる研究室でのアルバイトに応募してきて、採用されたのがきっかけだった。

夫の十歳年下、と聞いているから、当時ゾフィーは二十五歳。初めからどこか健康を害しているのではないか、と案じられるほど痩《や》せており、顔色も悪かったそうだが、その実、健康状態には何ら問題はなかったらしい。だが、体質的に太れず、食も細く、やや鬱的傾向にあったのは事実だったようだ。

とはいえ、外見上の弱々しさとは裏腹に、彼女はてきぱきと仕事をこなした。そして、次第に夫とうちとけていった、という話だった。

生前、夫はゾフィーについて、私にいろいろな話をしてくれた。

中には妄想の中でやきもちをかきたてられるようなエピソードもあったし、いくら否定されても、彼女と少しは何かがあったのではないか、という疑念が消えたことはなかったが、少なくとも夫の話は見事なまでに一貫していた。

即ち、彼とゾフィーとの間には、何ひとつ性的なふるまいはなかったということ（もちろん、挨拶《あいさつ》程度のキスや軽い抱擁はあったというが）。彼自身、彼女に恋愛感情を抱いたことは一度もない、ということ……。

夫がゾフィーに感じていたのは、彼の言葉を借りれば、「年の離れた妹に抱くような情愛」であり、「生まれつき虚弱な友人に抱くような友情」に似たものだったということ。

相手が異性であること、しかも繊細な陶器のように美しい女性であることはもちろん認めていたし、ロココ様式の絵画に登場するような美しい女性だ、と感じることすらあったという。だが、だからといって結婚したいだの、熱情と情欲に浮かされて共に暮らし始めたいだの、そういった願望はみじんもなかった、と彼は私に強調した。

夫がゾフィーと研究室内で親しくなって、ほぼ一年後、夫の父親が急逝した。しんしんと冷えこむ二月の晩、新宿《しんじゅく》で、元いた大学の教授仲間たちとはしご酒をし、店を出て駅に向かおうとした時に突然、胸をかきむしって倒れたのだという。ただちに救急車で搬送されたが、病院に到着した時はすでに心肺停止状態になっていて、助からなかった。

知らせを受けて急遽《きゅうきょ》、帰国した彼は、母親を支えながら長男として葬儀一式を執り行った。遺体は自宅に移されることなく、病院から葬儀社のほうに送られ、家族や親類、仕事関係者、知人たちとの別れをすませた後、荼毘《だび》に付された。

彼は数日間、母親と共に過ごし、父親を偲んでいたが、いつまでもそうやっているわけにもいかず、再びウィーンでの仕事に戻った。だが、旧い家に一人残される形になった母親のことが気がかりで仕方がなかったらしい。ほどなく彼は、会社に帰国と異動を申請した。

有能な研究者であった彼を手放したくない、とする会社側の意向もあり、結論が出るまでに時間がかかったようだが、最終的には問題なく受理された。彼はその翌年、ウィーンを引き払い、帰国した。

一方、彼を慕い、おそらくはひそかに強い恋愛感情を抱いていたに相違ないゾフィーの傷心ぶりは、誰の目にも明らかだったらしい。彼女は仕事を休みがちになり、やがてまったく姿を現さなくなってしまったという。

ゾフィーにとって、私の夫、城之内明という日本人の男が何だったのか、私には容易に想像できる。永遠の恋人であり、自分を支えてくれるかけがえのない男であり、世界で一番愛する相手……兄のような、庇護者《ひごしゃ》のような存在でもあったのだろう。

彼女が結婚を視野に入れていたかどうかはわからない。そんな形式的なことよりも何よりも、彼女はただ、彼から離れたくなかったに違いないのだ。ただそこにいてくれるだけでいい、とまで思いつめたのだ。そうでなければ、彼の自分に向けた気持ちの確証すらないままに、遠路はるばる日本までやって来ることはなかっただろう。

再び彼に振り向いてもらうべく、ゾフィー・ベッケンハウアーは死にもの狂いの努力を続けた。そしておそらく、いっときは夫もまた、情にほだされかけたことがあったに違いない。

仕方のないことだったと思う。捨てられた小犬のように痩せ細ったまま、自分に会うために遠くウィーンからやって来た女……しかも病弱な貴族の娘を思わせる、美しいオーストリア人女性だった。しっしっ、と冷たく追い返すような残忍なふるまいは、たとえ恋愛感情がなかったとしても、彼にできることではなかった。

私の夫、城之内明は心優しい男だった。常に相手の気持ちを斟酌《しんしゃく》して行動した。できないことはできない、と偽ることなくはっきり言うが、そう言いながらも、相手の気持ちを靴底で踏みにじるようなまねは決してしなかった。

どんな時でも、脱いだ衣類や履物をきちんとそろえておくのと同じように、彼はゾフィーを最後まで気遣い、傷つけないよう努力し続けた。結論は初めから出ていたし、そのことを包み隠さず告げてはいたが、相手が納得してくれるまでの道のりを決して煩わしく思わなかった。

彼は誠意と友情をこめてゾフィーを導こうとしていた。それだけは確かだった。

なぜ、こんなふうに断言できるのかというと、私自身がかつて、そんな彼とゾフィーの姿を目撃したからである。東京までやって来たゾフィーが傷つきながらも彼を慕っていた姿、そして、そんな彼女を見守り、ウィーンに戻るまでの間だけでも支えようとしていた、城之内明の姿を私は、はっきりこの目で見たからである。

私は三十四歳になった年、後の夫となる城之内明と、見合いに似た形で引き合わされた。

私の母方の叔父《おじ》は、城之内明が勤めている製薬会社の東京支社で、そのころ、役員職についていた。社内でも評判のよかった城之内明が独身と知り、なかなか結婚しそうにない姪《めい》の私と引き合わせてみたらどうか、と一計を案じたらしい。

大学卒業後、私は都内の繊維会社に就職したが、仕事が退屈で興味がもてなかったことを理由に二十八歳で退職。実家で両親と暮らしながら、これといった定職にもつかないまま、ぶらぶらしていた。

幸い、下町で工場を経営していた両親は、何かにつけうるさく言うような人間ではなかった。それに乗じて私は、ベリーダンスを習いに行ったり、フランス語会話を勉強したり、友人に誘われて登山してみたり、折々の流行《はや》りものを追いかけながら気ままに暮らしてはいた。だが、内心、このままいけば、将来は独身のまま、親もいなくなり、どうやって生きていけばいいのか、と焦り始めていた時期でもあった。

叔父から、四十歳になるうちの独身社員で研究職についている男がいる、ウィーン本社に長く勤務した経験があり、ドイツ語にも堪能《たんのう》で、社内でも評判の優秀な男である、一度、会ってみる気はないか、と言われた時、四十になるまで独り身でいた、研究職につく男なんぞ、きっと身なりもかまわない、ろくに風呂《ふろ》にも入らない、モテた経験など皆無の男に決まっている、と思った。しかし、そう思いながらも、一方では、会うだけなら会ってみてもいい、と感じた。

いい年をして親に甘えながら、いつまでもふわふわとした生き方を続けていくつもりはなかった。工場は私の兄が継ぐことに決まっていたし、私は自由が保証されている代わりに、自分で人生を決めなければならない立場にあった。お膳立《ぜんだ》てされた出会いでも、何か生き方の変化のきっかけになるのかもしれず、それならそれで、素直に向き合ってみたい、という殊勝な思いもあった。

あっさり会うことを承諾した私に、むしろ叔父は拍子抜けした様子だったが、大喜びしてすぐに段取りをつけてくれた。

桜の見頃も終わりかけた、四月の日曜の午後。待ち合わせの場所は都内のホテルのラウンジ。アフタヌーンティーとやらを叔父夫妻と私と、叔父の薦める独身男と四人で気軽に楽しむ、という設定だった。

遅れないように、と言われていたので、当日、私は早めに家を出た。「気軽に」が合い言葉になっていたから、服装には特段、気をつかわなかった。さすがにデニムは控えたが、ふだんの外出用にもよく着ていた春物の、淡いクリーム色のシャツふうチュニックにネイビーのパンツ、という、気のおけない組み合わせを選んでみた。

おかしなことに、緊張感はほとんどなかった。むしろ私は、好天に恵まれたその日、叔父夫妻の奢《おご》りでアフタヌーンティーを楽しみ、好き勝手なことをしゃべりながら、「風呂にも入らないような独身男」の品定めをし、あとで両親や友人たちに面白おかしく話すための材料を仕入れてこよう、と楽しみにすらしていた。

待ち合わせのホテルは、当時、私が住んでいた実家の最寄り駅から地下鉄に乗り、乗り継ぎなしで二十数分の場所にあった。地下鉄の駅を降りて歩く時間を計算に入れても、四十分の時間をみておけば充分だったが、私は約束の時刻の小一時間ほど前に、最寄り駅から地下鉄に乗った。

車内は適度に混雑しており、空席はなかった。私は車両の中央付近まで進み、吊《つ》り革につかまった。

地下鉄が発車してすぐだったと思う。斜め前に座っていた外国人女性が、私の目に飛びこんできた。

それは本当に「飛びこんできた」としか言いようのない、ある種の小さな衝撃でもあった。

彼女はまるで、絵画の中から出てきたかのように美しく、魅力的だったが、蠟《ろう》を思わせる白い顔をしていた。青白い、というよりも、異様に透明感のある白さで、ひどく不健康な印象だった。身体は病的に痩せており、女性らしいふくらみというものがまったくなかった。

着ていたのはたしか、ベージュ色の総レースの、なんとも古めかしい感じのするブラウスと同系色のスカートだった。スカート丈はくるぶしの上あたりまであって、きちんとそろえた爪先の、これまた時代遅れの感じがする先の円い、煤けた灰色のフラットシューズがスカートの裾《すそ》から覗《のぞ》いて見えた。

栗色の髪の毛を両耳の脇で三つ編みにし、きつく結い上げていた。綻《ほころ》びひとつない髪形、と言ってもよく、同様に、その整いすぎた顔にも、不健康ということ以外、綻

び と言えそうなものは何もなかった。

口紅はおろか、アイシャドウやチークを塗っている様子もなかった。完全にノーメイクのその顔には、無心に何かを求める、ある種の病人の痛々しさのようなものだけが窺《うかが》えた。

しかし、それだけなら、彼女は何かの病気にかかっているに違いない、と思うだけで終わっていただろう。観光客には見えなかった。高度医療の恩恵を受けるために、日本までやって来た病人……などと想像し、そっと目をそらしていたことだろう。

彼女が両手に、場違いそのものとも言える、季節外れの、シルクと思われる白い手袋をはめてさえいなかったら。そして、その手袋をはめた手で、目の前に立っている男の手を握りしめ、目の縁を真っ赤に染めながら、時折、不安げに男を見上げていたりしなかったら。そうでなかったら、私はあれほど遠慮会釈なく、彼女の様子、そしてその前に立ち、あたかも病弱な恋人を守ってやろうとするかのように、車内で両足を踏ん張っている男の様子を盗み見ようとしたりはしなかっただろう。

地下鉄だったので、外は暗く、窓ガラスには乗客が映し出されていた。私の隣に立っている男の顔が、よく見えた。

知的な感じのする上品そうな顔だちの、おとなしげな中肉中背の男だった。焦げ茶色のジャケットに、白いシャツの前ボタンを上まできちんと留めて着ていた。

細くて一重の、日本人特有の目だったが、目尻がやや下がっているせいか、優しげに見えた。

男は目の前に座っている外国人女性を時折、見下ろし、安心させるかのように微笑みかけた。何も話しかけなかったし、女のほうも口を開くことはなかった。女が悲しそうな目で男の指を握ったり、白い手袋をはめた手で、さも苦しそうに喉《のど》のあたりをおさえたりするたびに、男は、彼女に向かって穏やかに、なだめるような視線を投げた。

目的の駅に到着するまで、私は吊り革につかまったまま、ちらちらとそんな二人を観察していた。恋人同士か、あるいは夫婦なのだろう、と想像した。

乗降客の多い駅で地下鉄から降りた時、私はすぐに二人を見失った。二人が同じ駅で降りたのはわかっていた。ほんの一瞬、女のほうが男にしなだれかかるような仕草をし、男が片方の腕でそれを受け止めている姿を目の端でとらえたような気もするが、確かではない。それは、後に私の心が作り出した妄想上の風景だったかもしれない。

だが、その時はむろん、どこの誰ともわからないカップルのことなど、すぐに忘れた。約束の時刻まで、まだ時間があった。

ホテルの中の、高級な衣類やバッグを扱っているたくさんのショップをひやかして歩き、トイレで軽くメイクを直してから、待ち合わせていたラウンジに向かった。すでに叔父夫妻の姿があった。

叔父は、ついさっき、城之内君から電話がかかってきた、と言った。到着が七、八分遅れるらしいよ、と。

別に正式な見合いの席じゃないんだから、少しくらい遅れたっていいんだが、と叔父は言い、苦笑した。珍しいな、彼は約束の時間の五分前には来てるような男だったんだけどな、と。

だって、こういう席じゃないの、と叔母《おば》が言い、くすくす笑った。さすがに緊張して、支度に時間がかかったのよ、と。

そうだな、と叔父も笑顔で同調した。

約束の時刻よりも八分ほど遅れて、「城之内明」がラウンジに現れた。

お、来た来た、と叔父が言い、にこやかに手を振ってみせる仕草をした。遅れまいとして、きっと走って来たんだ、ぜえぜえ言ってるよ。

あらまあ、ほんとに、と叔母は微笑ましそうに目を細めた。

私はいくらか緊張しながら、伏目がちに叔父の視線をたどった。

信じがたいことに、叔父のその視線の先には、あの一重まぶたの、優しげな目をもつ男……病弱そうな若い外国人女性をいたわるようにして、同じ地下鉄の車両に乗っていた男……がいた。

研究職についていた、頭脳明晰《めいせき》で才能に恵まれた城之内明が、なぜ少しも迷わずに、上司から勧められるまま、私と会う気になったのか。そして、わずか三度ほど、デートを重ねただけで結婚を決めたのか。

四十歳まで悠々自適の独身暮らしをしていた男に、急に結婚願望が生まれるものだろうか。私との結婚は、私のことを気にいったからではなく、ゾフィーから逃れるためのものだったのではあるまいか。それほど彼とゾフィーとは、かつて深い関係だったことがあるのではないか。

……そんなふうに、私はあることないこと、あれこれ邪推した。見合いのような形で出会い、なんとなく互いが気にいって結婚したに過ぎないというのに、私は時折、夫の過去がひどく気になって、苦しくなった。

黙っていればすむことではなかったし、もともとそういうことを黙っていられる性分でもなかった。私は覚悟を決め、婚約が調《ととの》った後に、単刀直入、彼に向かって、気がかりだった外国人女性についての質問を投げた。

実はあの日、私はあなたと会う前にあなたを見ていたの、と私は穏やかに切り出した。地下鉄の中で。あなたはきれいな外国の若い女の人と一緒だった。病気かな、と思うくらい顔色の悪い、痩せこけた人だったけど、彼女はあなたしか見えないっていう表情をしていて、冬でもないのに、両手に白いシルクの手袋をはめてて、それがすごく印象的だった。私はてっきり、あなたたちは恋人同士か夫婦なんだろうな、って思ったのよ。あなたは、病弱な恋人か妻をいたわってる男の人に見えたの。だから、そのすぐ後で、ホテルにあなたが現れた時は、もうびっくりして、口がきけなかった。わかるでしょ？　ね、教えてほしいの。あの人は誰だったの？　あなたの恋人じゃなかったの？

残念ながら違うよ、と彼はひとつも慌てずに、物静かに答えた。そして、私が見た顔色の悪い、白い手袋をはめた外国人女性がゾフィーという名のオーストリア人であることや、彼女がウィーンの自分の研究室でアルバイトをしていたこと、自分を追って東京まで来てしまったのは正直なところ、迷惑だったこと、申し訳ないが彼女に対する恋愛めいた感情はひとつもなくて、それを正直に彼女にも伝え、なんとか理解してもらえたこと、などを包み隠さず話してくれた。

そして、私と「見合い」をしたあの日のことも彼は打ち明けた。

あの日、ゾフィーと会う予定はなかったのに、朝、携帯に電話がかかってきて、明日、私はウィーンに帰ることにした、長い間、迷惑をかけてごめんなさい、と言われたこと、だから今日、最後に少しだけあなたの顔が見たい、と懇願されたこと、倒れるのではないかと思われるほど衰弱しながら、帰国の決心をつけてくれた彼女を突き放すわけにはいかなかったこと、だから、ホテルでの約束の時刻ぎりぎりまで、乞われるままに一緒にいてやったこと、などを明かした。

あなたのことが忘れられなかったのね、と私は言った。

彼は、そうらしいね、と言い、うすく笑った。

「ひと目見て、すごくきれいな人だけど、きっと重い病気なんだな、って思ったの。弱ってるように見えたから」

「あのころ、ほとんど食事がとれていなかったんだよ。金もそんなに持ち合わせがあるわけじゃなくて、安ホテルに泊まってて。ぼくがいろいろ、滞在費を工面してやってたんだ。医者にみせなくちゃいけないくらい衰弱しちゃって、内心、どうしたもんか、って、弱り果ててたから、彼女が帰国の決心をつけてくれたと知った時は、心の底からほっとしたよ」

「そんな時に私とお見合いしたのね。彼女が知ったら、どうしてたかしら」

「さあ、どうかな」と彼は言った。

今さら思い出したくもないことを話題にされている、といった表情だった。私はそれ以上、何も訊《き》かずにおいた。

だが、先に口を開いたのは彼のほうだった。

「たぶん」と彼は言った。「彼女は、初めから心を病んでたんだ。研究室にバイトで入った時からね。そのことに気づいてから、彼女の言動が気になったし、気の毒にも思うようになった。だから、人よりも親切にしてたところがあるんだけど、彼女はそれを好意だと受け取ったんだろうね。ゾフィーを無視できなかったのは、ぼく自身が彼女をそうさせてしまったことを知っていたからかもしれない。誤解しないで聞いてほしいんだけど、ゾフィーが美人だから、ということは何の関係もないんだよ。本当に何も。でもぼくは、ゾフィーを前にするたびに、無条件に優しくふるまった。ぼくは、初めから傷を負っている人間に、そうと知っていて、冷たくあたることはできないんだ。それがどんなに間違ったことだったとしてもね」

「本当に心優しい人は、どんな時でも、何があっても優しいものだ、って、昔、祖母から聞いたことがある」と私は言った。「だから……あなたの優しさは、間違ってなんかなかったのよ」

短い沈黙のあと、ありがとう、と彼は言った。

私たちは互いに目を見交わし、静かに微笑み合った。長く愛し合い、信頼し続けてきた恋人同士みたいだ、と思い、くすぐったい喜びに包まれた時のことは、よく覚えている。

ゾフィー・ベッケンハウアーの自死の知らせが、夫のもとに舞い込んだのは、私たちが結婚し、郊外の旧い家で暮らし始めて半年ほどたったころだった。ウィーンの本社から東京支社の彼あてに、直接、報告があったのは、ゾフィーがかつて、夫を慕っていたことを知る人間が本社に大勢いたからだと思う。

ゾフィーが自ら生命を絶ったのは、恋しい男の気持ちをつなぎ止めることができなかったせいなのか。意中の男が、帰国するなり、さっさと結婚してしまったことに対する、彼女なりの恨みの表明だったのか。それとも、そういったこととは無関係に、心を深く病んでいたという彼女が、若くして選んだ始末のつけ方だったのか。

遺書はなかったそうで、確かなことは今もわかっていない。

夫からそのことを知らされた時、そのうち、行ったほうがいいのかしら、と私は訊《たず》ねた。

どこに、と夫は訊き返した。

ウィーンに、と私が小声で言うと、彼は、どうして、と重ねて訊き返してきた。だって、と私は口ごもった。彼女はあんなにあなたのことを……。そう言いかけてやめた。

夫はきっぱりと首を横に振り、こう言った。「冥福《めいふく》を祈るだけだよ」

自死したと知っても、夫の私への言動にはつゆほども乱れがなかった。衝撃的な知らせに混乱したり、露骨に悲しみをにじませたり、何か考えこむ様子をみせる、ということも一切、なかった。

そのことが、私をあれほど安堵《あんど》させたというのは、私はもしかすると、初めからゾフィーの存在そのものにやきもちを妬《や》いていた、ということかもしれない。

霧の日以来、まるで私に不意討ちを喰《く》らわそうとでもするかのように、ゾフィーがたびたび現れるようになった。

初めて目にしたのとは逆で、納戸となっている小部屋から現れ、寝室に吸い込まれていくのも見た。座敷の片隅の小暗い一角に、ぽつねんと所在なげに、俯《うつむ》いた姿勢で座っているのを見てしまったこともあった。

かと思えば、気配だけで現れて、何か冷たい陰気な風のようなものが、私のそばをすうっと吹き抜けていくこともあった。深夜、誰もいないはずの浴室で、湯を使う音が聞こえてきたり、線香立ての中でゆらゆらと煙を立ちのぼらせていた線香が、どの窓も閉めているというのに、異様に強く渦をまき始めたかと思うと、夫の遺影を包みこんでいくのがはっきり見えたりもした。

一連の不可解な現象に、法則と呼べるようなものはなかったが、時と共に、次第にはっきりしてきたことがあった。それは、日毎《ひごと》夜毎、明らかにゾフィーの気配が強まっていく、ということだった。

だが、私はそのことを誰かに打ち明けよう、相談してみよう、とは思わなかった。

なぜなのか、当時はわからなかったが、今ならはっきり理由を言うことができる。そんなことを人に話したら最後、自分の中の怯えがさらに烈《はげ》しくなって、いたたまれなくなることが私にはわかっていたからだ。そのほうがよほど、恐ろしかったからだ。だいたい私は、ゾフィー、という名を口にすることすら、いやだった。気味が悪かった。

夫にあれほど執着していた女の霊が、夫の死後、家に現れている、などという話を震えながら打ち明けたりしたら、相手は夫を突然失った妻の妄想、幻覚、と思うかもしれなかった。場合によっては、「悲しみのどん底にいる時は、よくそういうまぼろしを見るものですよ」などと、気の毒そうに言われるかもしれず、いずれにしても私は、「気を病んだ痛ましい未亡人」として扱われて、何の解決にも至らないに違いなかった。

陰鬱な怯えの中で、時間だけが流れていった。だが、五月も半ばを過ぎるころになると、晴天の日が続き、庭の木々は新緑に輝いて、いくらか気分のいい時が続くようになった。

梅雨に入れば、ただでさえ湿度の高いこの家には、どれほど除湿器をまわしていても、じっとりとした空気がはびこり、水回りや風通しの悪い場所には黴がはえてしまう。

晴れ間の多いうちに、少し、夫の遺《のこ》した衣類を点検しておこう、と私は思った。納戸に長く置いてある旧い洋簞笥《ようだんす》は、梅雨に入ったとたん、たまに扉を開けて空気を通してやらないと、中に吊るしてある衣類まで、黴くさくなってしまうことがあるからだった。

おそらくは、納戸として使っている小部屋の壁自体に問題があったのだと思う。北向きの部屋で、窓はついていたが、一年中日が当たらないのは、どうしようもなかった。

かつて義母もそのことを気にしていて、いずれは業者に頼んで、壁に断熱材をとりつけてもらったほうがいい、と言っていた。夫も私もそのつもりでいたのだが、どことなく煩わしくて、一年、また一年、と先のばししているうちに、こんなふうになってしまった。

朝からよく晴れた、空気の乾いた日。私は決心して、納戸の洋簞笥の前に立った。生前の夫が着ていたジャケットやズボンを目にするのが切なくて、長く閉ざしたままにしておいた簞笥である。まず、室内の窓を開け、風を入れてから、思いきって簞笥の扉に手をかけた。

どっしりとして重たい、おそらくは夫が生まれたころに購入されたと思われる、旧いタイプの焦げ茶色の洋簞笥である。引き出しが二杯。観音開きになる扉を開けると、裏面には鏡がついている。

冬用のコート、通年着られるレインコート数着、ブルゾン、ジャケット、礼装用スーツなどが目の前に現れた。何もかもが懐かしく、私の胸は塞がれた。まだ、中は黴くさくはなっておらず、前年に吊るしておいた防虫剤のにおいがかすかに残っていた。手を伸ばし、夫が好んでよく着ていた、フラノの灰色のジャケットと、紺色の背広との間に何気なく手を伸ばした、その時だった。

ぎっしりと詰めこまれた衣類の下のほうに、何かが見えた。煤けたレースのようなもの。そして、薄汚れてはいるが、白くうすい手袋をはめた二本の手……。

悲鳴をあげて逃げ出す前に、私の手は、簞笥の中の夫の衣類を勢いよくかき分けていた。なぜ、恐怖の只中《ただなか》にいながらそんなことができたのか、自分でもよくわからない。確かめたかったのかもしれない。戦いたかったのかもしれない。

吊り下げられた夫の衣類の向こうに、うすい紙のようになった、輪郭のはっきりしないゾフィーが座っていた。両膝《りょうひざ》を丸めた姿勢で、おそろしく青白い顔のゾフィー・ベッケンハウアーは、うつろな空洞のごとき目を力なく宙に向けていた。その白蠟化したような肌と、両手首のあたりまでを包みこんでいる白い手袋を目にしたとたん、私は自分でもぞっとするような、細い金属的な叫び声をあげた。

その日は、とても家にいられそうになかったが、だからといって財布片手に外に飛び出し、駅前の義母のいるマンションを訪ねて行って、ことの次第を明かそうとは思わなかった。

そんなことをしても、いつかは家に戻らねばならない。夫を慕って、死後もまとわり続けるオーストリア人の女の幽霊が出たからといって、夫と過ごした大切な家を捨てるわけにはいかなかった。

「出た」のは強盗や強姦《ごうかん》魔ではない、現実には何もできるはずのない「死者」なのだった。

私は外に出ることをやめ、深呼吸を繰り返して気持ちを落ち着かせた。居間のテレビをつけ、家の中に音を絶やさないようにした。納戸から一番近い寝室……夫の遺影と位牌が置いてある部屋……にはしばらくの間、近寄らないようにし、その晩は、玄関脇の応接室のソファーに毛布と枕を運んで、そこで過ごした。

応接室にはテレビがなかったが、代わりにノートパソコンを持ちこみ、大音量にしてインターネットのラジオを流し続けた。

ほとんど酒が飲めない体質のため、アルコールに頼ることはできなかった。代わりに私は、どうすべきか、必死になって考え続けた。この先、自分がとるべき行動を考え、模索している間は、いくらか気が休まった。

捨ててしまおう、と私は決心した。あの箪笥を夫の衣類ごと、ただちに捨ててしまうのだ。ゾフィーが落ち着ける場所を奪い取ってしまうのだ。

翌日、私はネットで不用品廃棄を専門に扱っている業者を探し、電話で箪笥を廃棄してほしい、と頼んだ。至急、お願いしたいのですが、と言うと、相手は快く承諾してくれた。

その時はまだ、恐怖心と共に怒りがあった。夫の衣類に包まれて、あの暗い部屋の、旧い箪笥の中にいつまでも座っていたいのなら、箪笥ごと処分してやるから、そのつもりでいなさい、と、私は心の中でゾフィーに叫び続けていた。

ドイツ語を使わなければ理解されないことはわかっていたが、かまやしなかった。ゾフィーがあそこに棲《す》みついていたことは、初めて知った。夫を探しもとめて、この家の中をあちこち徘徊《はいかい》しては、再びあの、夫のにおいの残された洋箪笥の中に戻っていったのだろう。

あの気味の悪い、執着心の強い、病弱な外国人の女の幽霊なんか、箪笥ごと処分してやる。そんなに恋しいのなら、夫の衣類も一緒にくれてやる……私は内心、そう息巻いていた。

業者は約束通り、その日の夕方にやって来た。前日までの晴れ間に翳《かげ》りがさして、陰鬱な雲がたれこめ始めた日だった。やって来たのは四十代とおぼしき男二人と、見るからに若い学生ふうの男が一人。三人は言葉少なに、私が指示した通り、旧くて重たい洋箪笥を中身ごと納戸から運び出し、手慣れた様子で玄関から出すと、手際よくトラックに積んで走り去った。

中に入っている衣類は取り出さなくてもいいんですか、とはひとつも聞かれなかった。世の中には、私に限らず、もっととんでもないことをその種の業者に依頼する人間がいるのだろう。

洋箪笥が運び出されたあとには、長年、降り積もった埃《ほこり》だけが、底のあとを四角くなぞるようにして残された。私はすぐにそこに掃除機をかけ、念入りに埃を吸い取った。次いで、台所から塩をもってきて、その場所を中心にまき、清めの儀式をした。ついでに線香を焚き、形ばかり、ゾフィーを供養してやろうかと思ったが、それはやめにしておいた。

宗教が異なる相手に、そんなことをしても始まらない。それにいまさらゾフィーを憐《あわ》れんでやる必要などさらさらないのだ。

ともあれ、洋箪笥を運び出したあとの納戸には、清々《すがすが》しさが舞い戻ったような気がした。それまでの淀《よど》みが晴れわたり、中に吊り下げている私の衣類やバッグまでが、新鮮な空気を帯びたようでもあった。

これでやっと、あの、しつこくつきまとう女の幽霊を追い払うことができた、と私はほっとした。せいせいした。

だが、本当に私はあの時、ほっとしたのだろうか。ほっとした、せいせいした、と思い込みたかっただけなのではないか。

死者というものは、たとえ始末したつもりになっていても、好きな時に好きな場所に現れることができる。ゾフィーが夫のにおいにくるまれながら潜んでいた洋簞笥を処分したからといって、ゾフィーの霊は、再び三たび、この家に舞い戻ってくることができるのだ。どんな形にせよ、いずれ必ず戻ってくる……そういうことが、私にはわかっていたのではないだろうか。

義母が、可愛がっているポメラニアンのトトを連れて訪ねて来たのは、それから十日ほど後のことだった。

様子伺いの電話は何度かもらっていたし、義母のほうから、「うちに遊びにいらっしゃい」とか「あなたの顔が見たいから、そっちに行きたい」などと誘ってくることも度々だった。だが、私はそのつど、丁重に断っていた。

会えば亡き夫の話が出るに違いなく、まだ、そうした話をたとえ相手が義母とはいえ、お茶など飲みながら世間話と共に交わせる心境ではなかった。

だが、あの洋簞笥を処分して以来、私の気分は自分でも驚くほど上向きになっていた。トトを連れて遊びに行く、と義母から電話を受けた時、私は素直に「ぜひ」と答えていた。「私もお義母《かあ》さんにお会いしたいと思ってました」と。

まだ梅雨に入る時期ではなかったが、今にも雨が降り出しそうな鬱陶しい日だった。義母はトトを犬用のキャリーバッグに入れ、バスに乗ってやって来た。犬が重たいから、ろくなおみやげも買えなくて、と言いつつ、義母は、駅の中にある有名和菓子店の水羊羹《みずようかん》と、ゆうべたくさん作ったという、ひじきの五目煮を持って来た。

ひじきの五目煮は、私の母の得意料理でもあった。懐かしかった。夫の死以来、私は実家の両親すら遠ざけていた。こっちに戻って来てもいいのよ、と言われて、ついその気になりそうなのが怖かった。私は短い結婚生活を送ったこの家から、離れるつもりはなかった。

だが、ひじきの五目煮の香りをかいで、近々、母に電話しなければ、と思った。どれだけ心配していることだろう。とりあえずなんとかやっている、と教えてやらなければ。

久しぶりに家の中に人の声がし、犬があちこち歩きまわる陽気な足音が響き、時折、そこに笑い声さえ混ざって、私は何カ月ぶりかで、少し気持ちが浮き立ってくるのを感じた。こんなに楽しい気分になれるのなら、もっと早く義母や他の人を家に招くのだった、と後悔した。

義母が、寝室の夫の遺影の前で線香を手向けている間、早速、台所でお茶の用意を始めた。渡されたばかりの和菓子の箱を開け、まだ冷たいままの水羊羹を小皿に移した。

以前、暮らしていた家だということをすぐに思い出したのだろう。トトがはしゃぎまわって、私のところに走って来た。鮮やかなピンク色の舌を出しつつ、陽気に笑っているような顔をして私の足に飛びついてきたので、私は声に出して笑った。

外界が戻ってきたような感覚があった。犬の前足は柔らかく、軽く、優しく、温かだった。

居間として使っている和室には絨毯《じゅうたん》を敷き、テーブルと椅子を置いていた。テーブルにお茶と水羊羹を並べ、私は義母と差し向かいに座った。

まあ、ほんとに、と義母はしみじみ言った。月日のたつのは早いわね。でも、時間がたつのはありがたくもあるわ、日にち薬、とはよく言ったものよ。もうすぐ梅雨で、それが終わると夏。少しずつ少しずつ、いろんなことが落ち着いていくんでしょうね。そうなってほしいわね。

そうですね、と私は心からうなずいた。

死んだ夫の話は互いにしなかった。義母は犬のトトが、散歩中に大きなラブラドール犬に勇敢にも吠《ほ》えかかっていった時のことや、マンションの下の階に空き巣が入ったこと、週に二度通っているヨガ教室で知り合った同世代の仲間たちのことなどを中心に話し、私は私で、なんとか懸命に生きている、ということを証明できるような、他愛もないが、安心してもらえるような世間話だけを選んで、話し続けた。

あなたも犬をお飼いなさいよ、と義母が言った。癒《いや》されるわよ。賑《にぎ》やかな子どもができたみたいな感じがするし。それに、毎日、お散歩に行くことになるから、健康にもいいの。

いいですね、と私は微笑しながら言った。

子どもはできなかった。互いに若いわけではなかったが、まだまだ作ることはできた。私にも夫にも問題はなかったというのに、恵まれないまま先に死なれたこともまた、私の中に暗い影を落としていた。

そのことを義母から暗に指摘されたような気がした。私は気づかなかったふりをした。

話がはずんでいたわけではない。だが、義母はさも居心地がよさそうにしていた。私は買い置いていたあられを出したり、お茶をいれ直したり、冷蔵庫にひとつだけ残っていた桃をむいたりした。

ふと、ゾフィーの話を打ち明けてしまいそうになったが、喉まで出かかった言葉を飲み込んだ。大学の理学部で教授をしていた夫、理科系の研究職で優秀な仕事ぶりを見せる息子をもっていた義母が、そんな幽霊話をたやすく信じてくれるとは思えなかった。

軒先にぱらぱらと音がした。雨が降り出していた。

義母は「あらら」と言った。帰りが大変。片手で傘さして、もう片方の手でトトのバッグを持って、バスに乗らなくちゃ。

バス停までお送りしますから、と私は言った。義母は、そう？　と言った。そうしてもらえると助かるわ。

少し蒸し暑かったので、開けておいた窓の向こうから、庭の湿った土のにおいが漂ってきた。

そういえば、トト、トト、と義母が犬の名を呼んだ。変ね、どこ行っちゃったのかしら。

トトの姿が見えなくなっていた。トト、と私も呼んだ。

廊下の向こうから、勢いこんでこちらに走ってくる犬の足音が聞こえた。

あらやだ、トトったら、と義母が言い、肩を揺すって楽しそうに笑った。そんなもの、どこから拾ってきたの？

座敷に駆けこんできたトトは、飼い主に手柄を見せようとするかのように、口にくわえていたものを左右に揺すった。ぐるる、と犬の喉が鳴った。ひどく興奮していた。

犬がくわえているものを見て、私は言葉を失った。

義母が、なあに、これ、と言いつつ、犬の口から白いものを無理やり引っ張りだそうとした。犬は少し抵抗したが、やがておとなしく、されるままになった。

あなたの手袋よ、右手の。義母がそう言った。

ごめんなさいね。ほんとにトトったら、もうじき九つになるっていうのに、まだまだやんちゃで。あなた、納戸の戸、開けっぱなしにしてたんじゃない？　時々、この子、こういうこと、やらかすのよ。うっかり閉め忘れてた箪笥の引き出しなんかに鼻づらを突っ込んで、何か気にいったものをくわえて、おもちゃにしちゃうの。ほんと、困った子ねえ。ね？　トトちゃん。

私は無表情のまま、首を横に振った。それ、私のじゃないんです、それに箪笥も処分したんです、処分したあと、何回も掃除機をかけたんです、だから手袋が片方、納戸に落ちてるなんてことも、あり得ないんです。

……そう言いたかったが、言えなかった。

以来、特には何も起こらないまま、時が流れた。

家のどこかでゾフィーらしきものを見かけたり、感じたりすることはなくなった。納戸に入り、ハンガーに吊り下げた自分の服を取り出す時は、いつもびくびくしていたが、異様な気配を感じることはなかった。

夫に手向けた線香が、風もないのに宙で烈しく渦をまいたり、外出先から戻った時に、家中に線香のにおいが漂っている、ということもなくなった。時がたつにつれ、薄紙をはがすようにではあったものの、私の中の怯えと不安、恐怖心は次第に和らいでいった。

あの日、トトがくわえてきた白い手袋は、触れるのはいやだったが、そのままにしておくのはもっといやだったので、義母の見ていないところでビニール袋に押し込み、新聞紙で包み、さらに小さい茶色の紙袋に入れて、買い物に行く時にいつも背負っているリュックの中にしのばせた。

駅前行きのバス停のすぐそばには、ゴミ集積場があった。近隣の住民たちのための集積場で、カラスや野良猫に荒らされないよう、常に緑色のネットがかけられていたが、小さなものなら、何くわぬ顔をしてネットの下に放り込んでおけそうだった。

トトを入れているキャリーバッグを肩に下げた義母が濡《ぬ》れないよう、傘をさしかけてやりながら、私はバス停まで見送りに行った。そして、義母を乗せたバスが遠ざかっていくのを見届けた瞬間、大急ぎでリュックから紙袋を取り出し、誰も見ていないことを確かめて、ゴミ集積場のネットをめくるなり奥に放り込んだ。

集積場にはその時、ゴミは何もなかった。私が投げ入れた茶色の紙袋だけが目立つ形になったが、致し方なかった。燃やせるゴミ、燃やせないゴミ、プラスチック類……などと分別の仕方、ゴミ出しの曜日が明記された札も下がっていたが、そんなことを確かめて、その通りにしようという気もなかった。

そして家に戻る道すがら、私は心に決めたのだ。負けたくない、と。何があっても、ゾフィーに勝たねばならない、勝ってやる、と。

心身ともにあんなに虚弱な、人生を生き抜いていくことが不可能なほど弱々しかった女が、死んでもなお、私の夫、城之内明に執着しているだけの話だった。しかも彼女は、夫から一度も女として愛されたことがなかったのだ。憐れんではもらえていたかもしれないが、一人の大人の女として恋しく思われたことなど、なかったのだ。

愛されたい、という願いだけが肥大化し、死後も残され、私の夫にひたすらすがりつこうとしているだけの愚かな死者。そんな死者の亡霊に怯え、負けているわけにはいかなかった。

そう考えると、にわかに力がわいてくるような気がした。家の中にゾフィーの気配が感じられなくなったのも、それどころか、すっかり消えてしまったように思えるのも、生きている私自身の力、生命力のようなものが、愚かな亡霊に打ち勝ち、功を奏したからかもしれない。そう信じていた。

庭で鳴く虫の声が聞こえている。開け放したままの窓から、晩夏の涼しい風が入ってくる。

いつのまにか、居間のテレビをつけっ放しにしたまま、寝入ってしまったらしい。畳の部屋の絨毯の上にクッションを置き、そこに頭をのせて眠っていた私は、ひどく恐ろしい夢を見てはね起きた。

首筋と背中のあたりが冷や汗で濡れていた。心拍数が速まっていて、胸が苦しかった。

テレビ画面には、深夜のテレビショッピングの番組が流れていた。時刻は一時をまわっていた。

夢の中にゾフィーが現れた。彼女は暗い顔をして、寝室の、夫の遺影の前に横座りしていた。長い間、そうやっていたが、やがて彼女は、手にはめていた白い手袋をすうっと音もなく脱ぐと、丁寧に畳んでから夫の遺影の前に置いた。そして、文楽の人形のように静かにぐるりと首をまわし、私のほうを向いた。白い蠟のような顔の、青黒くくぼんだ眼窩《がんか》が不気味だった。私は悲鳴をあげた。

自分の悲鳴で目がさめたのだが、実際に声をあげていたかどうかはわからなかった。口の中はからからだった。

震える手でリモコンを探し出し、私はひと思いにテレビの音量をあげた。画面には、粒ダイヤつきのネックレスが大写しになっていた。出演者たちの話し声、笑い声が大きくなった。

テーブルの上には、飲みかけのお茶がそのまま載っていた。冷めきってしまっているそれを私はごくごくと飲みほした。

両手で顔を覆った。深呼吸を繰り返した。落ち着いて、落ち着いて、と自分に言いきかせた。

ただの夢である。しばらくぶりにゾフィーが現れたとはいえ、あくまでも夢の中のことに過ぎない。現実に起こったことではない。

疲れていた覚えもないのに、なぜ、こんなにぐっすり眠ってしまったのか。やはり、夫を突然失って、初めて迎えた夏の疲れが出ているのか。

私はよろよろと立ち上がり、部屋の窓を閉めた。カーテンを引いた。庭の虫の鳴き声が遠ざかった。

テレビを消してしまうのはいやだったが、ただの夢だったのだから、と再び自分に言いきかせ、思い切って電源を切った。あたりはふいに静寂に包まれた。

洗面室に行き、歯を磨き、顔を洗った。化粧水をつけ、ナイトクリームを塗った。鏡に向かうのはどことはなしに怖かったが、映っているのは私だけで、他に何も怪しいものは見えなかった。

少し気分が落ち着いた。夢だったのだから。ただの夢だったのだから。幾度もそう繰り返しながら、寝室に向かった。

ドアを開け、明かりを灯《とも》した。サイドテーブルのライトのスイッチも入れた。室内は煌々《こうこう》と明るくなった。ほっとする明るさだった。

ベッドの夏掛け布団をめくった。その時だった。

夫の遺影と位牌を置いてある台の上のものが、目に飛びこんできた。私の心臓は凍りついた。膝ががくがくと震え出した。背中に水を浴びたようになった。

それは二つに畳まれた白い、片方だけの手袋だった。おそらくは左手の……。

山荘奇譚

　五月の連休が明けたばかりの午後。滝田《たきた》のオフィスに、ファックスで簡素な訃報が送られてきた。大学時代の恩師で、法学部の教授だった桂木《かつらぎ》が亡くなり、二日後に通夜、三日後に告別式を行う、という知らせだった。

　桂木は血液のがんに罹《かか》り、長く闘病生活を送っていた。ここのところ、状態が急速に悪化。この夏までは到底、もたないとわかっていたので、滝田は驚かなかった。

　享年七十五。今年の二月、山梨県甲府《こうふ》市にある自宅で療養中の桂木を見舞ったのが最後になった。忙しいのに、何をのこのこやって来る必要がある、おれは見舞い客の相手なんざ、うっとうしいだけなんだ、などと憎まれ口をたたきつつも、旧《ふる》い教え子が来てくれたのがよほど嬉《うれ》しかったのだろう。桂木は勢いづくあまり、すでに飲めなくなっていたはずの酒を飲もうとし、妻に止められて、子どものように機嫌を損ねた。

　夫人が台所に立った隙に、滝田は黙って桂木に猪口《ちょこ》を手渡し、ほんの数滴、酒を注いでやった。舌先で舐《な》めるように口にふくみ、「今生の別れの美酒だな」とさびしそうに笑ってみせた恩師の顔には、すでにそのころからはっきりとした死相が出ていた。

もともと無頼を気取りたがる、反骨精神の旺盛《おうせい》な教授だった。学内では浮いた存在だったから敵が多く、学生の中には桂木を毛嫌いしている者も少なくなかった。

だが、滝田は初めから桂木とはうまが合った。迷わず桂木のゼミを受講し、桂木のあとを追いかけて行っては、質問を飛ばして、そのうち駅前の安酒場で気安く酒を飲むような間柄になった。

桂木は徹底した合理主義者で、胸のすくようなリアリストでもあった。非科学的なことはすべて毛嫌いし、理論上成立しないものをいたずらに信奉するのは知性の堕落だ、と決めつけた。

後の滝田が、現実的で論理的な考え方を貫き、根拠なく人の不安をかきたててくるものに背を向けて生きようとしてきたのも、桂木の影響が大きい。

だが、大学卒業後、東京の大手テレビ局に就職してから、滝田は仕事に忙殺されるようになった。人間関係も大きく変わり、桂木とは次第に疎遠になっていった。たまに電話で近況報告をするのがせいぜいで、そのうち、それすらも間遠になり、やがて年賀状のやりとりをするだけのつきあいに落ち着いた。

十数年前のことになるが、滝田は直属の上司と酒の席で烈《はげ》しい口論になり、酔った勢いもあって、怒りにまかせたままその顔面を殴打してしまった。バランスをくずして床に倒れた上司は、後頭部を三針縫う怪我を負った。

その後、上司との話し合いが行われた。滝田の今後を慮《おもんぱか》ってくれた上司のおかげで、警察沙汰《ざた》にはならずにすんだものの、局に居づらくなって辞表を出した。

もともと、いずれは独立したいという夢があった。彼はすぐさま、番組制作会社を立ち上げるために動き始めた。局時代の人脈を頼りに走り回ってオフィスを構え、人を雇った。

ひと通り準備を整え、ひと息つくことができたころ、桂木本人からオフィスに電話がかかってきた。独立した旨を短くしたためた年賀状に、オフィスの連絡先を記しておいたからだった。

桂木は滝田が電話で打ち明けた局での不祥事を笑い飛ばし、独立を祝ってくれた。その後、桂木との交流が再開した。

一人息子が引きこもりになって往生した時も、彼自身の生き方の問題で諍《いさか》いが絶えなくなり、妻が息子を連れて家を出た時も、離婚が成立した時も、会社の経営がなかなか軌道に乗らず、八方塞《ふさ》がりの気分になっていた時も、滝田は桂木にだけは正直に気持ちを打ち明けてきた。

桂木は、彼から何を聞かされても驚いたり、憐《あわ》れんだりしなかった。アドバイスをするどころか、感想すら述べず、面白そうに肩を揺すって笑いこけた。人生は退屈しないもんだなあ、と言って、いたずらっぽく目を細めながら酒を飲み続けた。そんな桂木を前にしていると、ふしぎと気持ちが楽になった。

人生の厄介ごとの数々を笑い飛ばしてみせる、というのは、そう簡単にできることではない。いい先生だった、と滝田は改めてしみじみ思い返し、恩師の死を悼んだ。

通夜は甲府市郊外の寺で営まれた。滝田が到着したのは通夜の始まる十分前。僧侶《そうりょ》がまだ姿を現しておらず、参列客があちこちでざわざわと話し込んでいたが、ざっと見渡した限り、会場に滝田の知っている顔はなかった。

桂木の妻は、どこか具合でも悪いのか、瘦《や》せて疲れきった様子でいたため、あれこれ話しかけるのが憚《はばか》られた。桂木の子ども夫婦や孫たちの姿があったものの、かつて一度も紹介されたことがないので、挨拶《あいさつ》は差し控えた。

会場の別室には、精進落としの席が設けられていた。葬儀屋から、そちらのほうに行くよう勧められたが、滝田は焼香をすませると、早々に会場を出た。いたずらに長居して、見知らぬ人々と鮨《すし》をつまみ、ぬるいビールを飲むつもりはなかった。

生命は例外なく終わりを迎え、肉体はおろか、通りすぎてきた時間のすべてが無に帰す。広大無辺な闇の中に旅立った死者に、儀式としての挨拶さえ終えれば、あとの余計な気遣いは不要だった。そうしたことも、桂木から学んできたような気がした。

通夜会場の外に出てから、滝田はマナーモードにしておいたスマートフォンを取り出した。メールが一通、届いていた。滝田がテレビ局に在職中、何かと面倒をみて育ててやって、現在はディレクターとして活躍している女性からのメールだった。八月に恒例の、真夏の心霊特集があり、自分が一部を任されているのだが、今年はこれといった目玉がなくて困っている、視聴者から寄せられた実話や心霊写真、動画のたぐいは相変わらず新鮮味がない、そこでいつものことで申し訳ないが、滝田さんの幅広い交友関係の中に、その種の実話に詳しい方、もしくは、人に語りたくないほどの恐怖経験をされたような方がおられたら紹介していただきたい……といったようなことが書かれてあった。

末尾には「滝田さんが、心霊もの嫌いだということは昔からよく存じていますが、そのあたり、何卒《なにとぞ》よろしくお願いします」とあった。

やれやれ、と思い、滝田は苦笑をもらした。

彼女は三十九歳。独身。「久保美鈴《くぼみすず》」という愛らしい名前からは想像もつかないほど、男まさりの仕事人間だった。色気とは縁遠く、ファッションにもメイクにも関心がなくて、洗いざらしのデニムとシャツのまま、どれほど条件の悪いロケ地にも捨て身で飛びこんでいく。朝から晩まで、番組を作ることしか考えていない。誰よりも負けん気の強い、弱音を吐かない女だったが、滝田にだけは気を許し、滝田が独立した後も何かと頼りにしてくる。

才能を認めて育ててやった以上、可愛いと思うこともないわけではないが、そろそろ勘弁してくれよ、と滝田は思っている。だいたい、滝田が得意とするところのドキュメンタリーやトーク番組なら、幅広い人脈を使って、なんとか手助けしてやれないでもないが、心霊特集となるとお手上げだった。彼は廃墟《はいきょ》に現れる幽霊だの、悪霊に取りつかれた古民家だの、といったものを大まじめに番組で取り上げること自体に嫌悪感を抱いていた。

局側がどこまで利用しているのかは知らないが、世間には心霊ものを専門に扱う業者もいる。うまく合成して心霊写真や動画を作りあげるのは当たり前。劇団員をアルバイトとして使い、顔にぼかしを入れて、ありもしない体験を語らせたり、恐怖に怯《おび》えている様を撮影したり、やろうと思えば何だってできるのだ。

わざわざ真夜中に心霊スポットとやらを訪れて、いい年をした大人が真顔できゃーきゃー叫んだり、手に大きな数珠《じゅず》をぶら下げた、自称霊能者が、ぶるぶる震えながら念仏を唱えたりするのを観ているだけで、怖いどころか白けきってしまう。過酷で厄介な現実を生き抜いていくことだけで精一杯な滝田のような人間にとって、心霊特集など、馬鹿馬鹿しいだけのしろものだった。

死んだ人間など、怖くもなんともない。人は死ねば無になる。何も残らない。生きている人間のほうがよほど怖いのだ。

美鈴からのメールには明日、適当に返信すればいい、と思った。何なら電話してもいい。今後、心霊ものだけは協力できない、ということを美鈴にもきちんと理解させるべきだった。滝田はスマートフォンを上着の内ポケットに戻し、歩き始めた。

その晩は近隣の静かなところに宿をとり、一人で桂木を偲《しの》びながら、しみじみと酒を飲んで過ごすつもりだった。事務所のスタッフにも、短い休みをとると伝えてある。東京には明日の夕刻に戻ればよく、そのためのスケジュールの調整も済んでいる。

ここのところ、いつにも増して、多忙だった。会議に次ぐ会議。打ち合わせ。夜はよく知りもしない相手との、義理の会食。酒のつきあい。頼まれごと、頼みごとの数々。札幌《さっぽろ》や福岡への日帰り出張。……五十五歳の肉体には過酷な毎日だった。

最近、四十代五十代の若さで突然死する業界の人間が、あとを絶たない。テレビの世界、映像の世界は一から十まで体力勝負だった。誰もが一触即発のリスクを抱えていて、自分も例外ではないことを滝田はよく知っていた。

日が長くなったとはいえ、その時刻、すでにあたりはとっぷりと暮れていた。彼は境内のぼんやりとした明かりの中、立ち止まってたばこをくわえ、火をつけた。深々と煙を吸い込んでから、再び歩みを進めた。

境内の外の専用駐車場に、通夜の客の誰かが待たせているのか、あるいは参列客を目当てに客待ちしているのか、一台の空車タクシーが停まっているのが目に入った。

ヘッドライトをつけておらず、エンジンもかけていなかったが、運転席に運転手が座っているのはすぐにわかった。

滝田はタクシーに近づいた。滝田に気づいた運転手が、すぐに後部座席のドアを開けてくれた。

開けられたドアに首だけ突っ込み、煙草の煙を片手ではらいながら、滝田は「これ、送迎用？　それとも客待ち？」と訊《たず》ねた。

ごま塩頭の大柄の運転手が、車内灯の明かりの中、「送迎じゃないです」と答えた。「こちらでお通夜があると聞いたんで、ひょっとするとお客さんがいるかと思って」

「じゃ、頼むよ」

「どうぞどうぞ。どちらまで行かれます？」

「それがさ、まだ決めてないんだよ。これからすぐ東京に帰る気がしないから、今夜はこのへんで、のんびり一泊しようと思ってたんだけど、忙しくて予約もできなくてね。飛び込みでもいいか、と思ってさ。近くにお薦めの宿があったら教えてもらえないかな」

「のんびり、ってことになると、温泉がいいですかね。そうじゃなきゃ、リゾートホテル？」

「いや、ホテルはどこも同じだろうから遠慮したいね。それに、温泉じゃないほうがいいんだ。実を言うと、僕は温泉につかるのが、あんまり好きじゃなくてさ」

「ああ、男性ではたまにそういう方、いらっしゃいますねえ」

「たとえば、辺鄙《へんぴ》なところにぽつんとある、鄙《ひな》びた宿、みたいな感じが今日の気分なんだけどね」

思いつきで言ったに過ぎなかった。どんな宿に泊まりたいか、考えていたわけではない。ありふれた温泉宿でもいいのだった。

ビジネスホテル以外だったら、どこでもいいや、と言い直そうとした時だった。運転手が、突然、閃《ひらめ》いたかのように「そうだ」と声をあげた。「それでしたら、赤間《あかま》山荘なんかはどうですかね」

「アカマサンソウ？」と滝田は訊《き》き返した。「アサマサンソウ、の間違いじゃないの？　軽井沢《かるいざわ》のさ」

「いいや、お客さん、赤い間、と書く赤間山荘ですよ。甲府から離れますけど、なに、それほど遠くありません。ちょっと山の奥に入ったあたりにあるんですが、自然に囲まれてて、そりゃあ静かでいいとこですよ。自分はそこの女将《おかみ》をよく知ってるんです。実を言いますとね、小学校のね、同級生なもんで」

そう言ってごま塩頭の運転手は、ひひ、と低く笑い、携帯電話を取り出した。「部屋、空いてるかどうか、電話してみましょうか。どうします？」

「ここからどのくらいかかるの」

「そうさなあ、甲府市内を抜けるのに少し渋滞するかもしれないけど、三、四十分もあれば」

「三、四十分となると、けっこうな距離だな」

「静かなところ、ってなると、どうしてもね」

きっと、そのアサマだかアカマだかの山荘とやらの女将とこいつは、グルなんだろう、と滝田は思った。このあたりをうろついている男の一人客を拾って連れて行けば、ごま塩頭のポケットに幾らかの謝礼が入るようになっているのかもしれない。

あるいは、その山荘は、金を払えばその手の「遊び」を提供するところなのかもしれなかった。そのような宿はいくらでもある。

出張で束の間の自由な夜を約束された、しがないサラリーマンには思わぬ僥倖《ぎょうこう》かもしれないが、自分にはそんなものは不要だ、と滝田は思った。ふだんならまだしも、桂木の通夜に参列した日の晩だった。いくらなんでも、そうした遊び気分にはなれなかった。

だが、泊まるだけならいいのかもしれない。他を探してもらうのも面倒だった。

「いいよ。そんなに言うなら、そこにしてみるか」と滝田は言った。

言ったとたん、急に疲労感を覚えた。喪服ではなく、黒のスーツを着てきた。少し太ったのか、ウェストまわりや肩のあたりが、心なしきつい。早く脱いでシャワーを浴び、浴衣《ゆかた》に着替えて冷たいビールが飲めるのなら、宿など、どこでもよかった。

ごま塩頭の運転手は、二つ折りの携帯電話を操作し、耳にあてがって「あ、もしもし？　女将いますか？」と大声で訊いた。「タクシーの杉山《すぎやま》、と言ってもらえれば、わかるんだけど」

ややあって、女将が電話に出てきたようだった。短い会話を交わし、ごま塩頭は携帯を耳から離して「部屋は空いてるそうですよ」と滝田に言った。「今、七時五分前ですよね。あっちに着いて食事を始めるのが八時近くになっちゃうんで、もし来られるようなら、今からもう、食事の準備を始めときます、ってことですが、どうします？」

「じゃあ、そうしてもらうよ」と滝田は言った。

少し投げやりな気分にもなっていた。こいつは完全に山荘と組んでる、と確信を抱いた。連休明けの暇な時期、山荘は客を一人ゲットできるし、運転手は山荘までのタクシー料金に加えて、小遣い銭が手に入る仕組みになっているのだ。

いくら不況続きとはいえ、世の中、相変わらずせちがらいもんだな、と思うと、今さらながらにうんざりした。見知らぬ土地の鄙びた宿でのんびりしたい、などと、珍しく殊勝なことを考えたのがいけなかった。おとなしく東京に戻り、行きつけの店で桂木のことを思い出しながら一人酒でもやっていればよかった、と早くも後悔にかられた。

「決まったんだから、早くその山荘とやらに行ってくれよ」

滝田はぶっきらぼうにそう言ったが、ごま塩頭の運転手の愛想はよかった。「かしこまりました」と、ぎこちない口調で言うなり、彼は大仰な手つきで車を発進させた。

発進の仕方は、有名ハイヤー会社の運転手のそれのように、ゆるやかで丁寧だった。

しばらくの間、愚にもつかない、甲府の小学校時代の思い出話を聞かされた。あげく、今日は、どなたのお通夜だったんですか、などと、いらぬ質問をされ、滝田はさらにうんざりした。

車が甲府市内を出たのを確かめてから、滝田は「あのさ」とできるだけ優しく運転手に話しかけた。「ちょっと疲れたんで、ひと眠りしたいんだ。着いたら起こしてくれる?」

バックミラー越しにちらりと後部座席に視線を走らせた運転手は、行き交う車のヘッドライトの光の中で、大きな目をぎょろりとまわした。

「ごゆっくりお休みくださいまし」

下手な役者の台詞《せりふ》のように、わざとらしくつぶやくように言った声が、どことなく人を小馬鹿にしているようで、癇《かん》に障った。滝田は腕を組んで目を閉じ、シートにもたれながら、ぷいと顔をそむけた。

どうせ安手のモーテルまがいの、情緒はおろか、センスのかけらもないところなのだろう、と思っていた。何の期待もしていなかった。そのため、赤間山荘を目にした滝田がまず感じたのは、自分の中を駆け抜けていく大きな驚きだった。

甲府市内を出て十八キロほど走り、山に入って、少し坂道を上った左側。ゆるやかな崖の上に建つ平屋で、クリーム色の外壁は塗り替えたばかりなのか、まだ新しい。どっしりとした造りの、まるで森の奥にひっそりと建つ小さな高級ホテルのようでもある。

気品ある佇《たたず》まいの建物の、窓という窓からはやわらかな黄色い明かりがこぼれ、月の出ていない夜だったにもかかわらず、あたりの木立を覆い尽くす闇の奥深くにまで溶けこんでいた。

茄子紺《なすこん》色の玉砂利が敷きつめられた、清潔な車寄せにタクシーが到着すると、奥から和服姿の女将が笑顔で走り出て来た。六十代も半ばと思われ、確かにごま塩頭の運転手と同世代のようだったが、豊満で色白の女将は運転手よりもはるかに都会的で、身のこなしも言葉づかいもきびきびしていた。

「ようこそ、こんな遠いところまでおいでくださいました。お待ちしておりました」

そう言いながら、笑顔のまま滝田が手にしていた黒い革製のブリーフケースを受け取ろうとしたが、滝田はそれをやわらかく辞退した。

「こちらの運転手さんの強力なお薦めがあってね。それほどの場所なら、ぜひ、と思って来てみたんですが、いやぁ、これは実にいいところですね」

「ありがとうございます。暗くなってしまいましたので、景色をご覧いただけずに残念ですが、明日の朝には、お部屋からの眺めをご堪能《たんのう》いただけます。お食事のご用意もできてございます。お疲れのことでしょう。さあ、こちらにどうぞ」

「じゃ、女将さん、私はこれで」

ごま塩頭が女将に声をかけると、女将は颯爽《さつそう》とした動きで振り返り、「ご苦労さまでした」と言ってお辞儀をした。小学校の同級生を相手にするにしては、不自然に職業的な言い方だったのが、かえって怪しく感じられたが、滝田はもう、それ以上、詮索《せんさく》しないようにした。

地方都市の郊外によくある、安っぽい宿を想像していたのだが、ここには歴史を刻んだ品格が感じられた。通夜のあと、偶然とはいえ、これだけまともな宿を紹介してもらえたのだから、何の文句もなかった。

エントランスホールに入ると、若い女が出迎えに出て来た。和服の似合わない、いかり肩の痩せた女だった。

無表情が板についており、「いらっしゃいませ」と言う時も、「お鞄《かばん》、お持ちいたします」と言う時も、紙に書かれた台詞を棒読みしているだけのように感じられる。

請われるまま、滝田が宿泊者名簿に名前と住所を記すと、女将は「ありがとうございます」と言ってにっこりした。

丁重な手つきで、名刺を差し出された。「赤間山荘　赤間登紀子」とあった。

「ほう」と滝田は言った。「お名前がそのまま、山荘の屋号に？」

「そうなんです。ここは祖父の代からありまして、私で三代目になります」

張りのある二重顎《あご》のあたりに、少女めいた愛らしさが残っている。笑顔が優しげで、嫌みを感じさせない女だった。滝田は好感を抱いた。

「滝田様、お風呂《ふろ》ですが、あいにく今日はお客様がおいでになりそうになかったので、大浴場を閉めてしまっておりまして……。客室のお風呂を使っていただくしかないのですが、本当に申し訳ございません。大浴場のほうは、明日の朝にはお使いいただけるよう準備を整えておきますので。崖の向こう側の景色が一望できる、見晴らしのいい、私ども自慢のお風呂なんですよ。明日はぜひ」

「あれ？」と滝田はびっくりしたように眉《まゆ》を上げてみせた。「今夜、客は僕だけですか」

「はい」と女将はうなずき、またにっこりした。「ゴールデンウィーク中はおかげさまで連日、満室でしたのに、連休が終わってしまうとさっぱりで。でも、こうして滝田様においでいただけて、本当に嬉しゅうございます。山荘の出入り口は防犯上、まもなく閉めさせていただきますが、何かご入り用のものなどございましたら、何時でも承りますので、お申しつけください。……あ、里美《さとみ》ちゃん、滝田様をお部屋にご案内して」

里美、と呼ばれたいかり肩の女は、こくりとうなずき、滝田を先導して歩き始めた。フロントとは名ばかりの、細長い洋風のデスクを置いたホールを突っ切ると、仄暗《ほのぐら》く静かな廊下が伸びている。客室はすべて、その廊下に沿って並んでいた。

ホールの反対側が大浴場でございます、と里美が言い、言いながら、やる気のなさそうな仕草で一番奥のドアの鍵《かぎ》を開けた。「お食事は後ほど、こちらにお運びしますので。ご用意ができましたら、フロントのほうにお電話ください」

窓から見えるであろう景観についてや、明日の天候の話など、あれこれ訊ねようとして、滝田はすぐに諦《あきら》めた。この若い女が客と世間話を交わせるとは思えなかった。星の数ほどいるタレント志願の若い娘たちが、大人の男を相手に、ふつうの会話ができないのと同じように。

里美が退出していった後、彼はスーツを脱いでクローゼットのハンガーにかけた。部屋は和洋折衷の設《しつら》えになっており、いささか旧くなってはいるが、センスは悪くなかった。広々としたツインベッドルームの隣に、床の間つきの八畳ほどの和室。室内には、黒檀のどっしりした座卓と、座布団つきの座椅子が備えられている。

ベッドルームの小型冷蔵庫には、缶ビールやミネラルウォーターなどの飲み物類がぎっしりと入っていた。彼はまず、缶ビールのプルタブを起こし、口をつけて勢いよくごくごくと飲んだ。よく冷えていて、美味《うま》かった。

ひと息ついてからシャワーを浴び、ベッドに備えられていた白地に紺絣《こんがすり》の模様の入った古風な浴衣を着た。そうこうするうちに、空腹でみっともないほど腹が鳴り出した。

忙しくしていると、空腹すら感じないことも多い。やはり、こうした無為の時間を過ごすことは大切だ、と思いつつ、彼はフロントに食事を頼む電話をかけた。

部屋に食事を運んで来てくれたのは、里美を従えた女将だった。キャスターつきの移動式配膳台《はいぜんだい》に恭しく載せられた食事は、旅館のそれのような和食だった。いかにも素朴そうだったが、そこにもまた滝田は好感を抱いた。

「調理場の人間が今日は一人になってしまって、なかなかふだんのようにはいかなかったのですが。お口に合えばよろしいのですけれど」

里美に手伝わせて、料理の皿の数々を座卓に並べながら、女将はそう言った。続いて配膳台の下のほうから、壜《びん》ビールが取り出された。

「大浴場にご案内できない上に、お料理のほうも中途半端になって、申し訳ありません。これはほんの私からのサービスです」

お注ぎいたしましょうと言われたので、滝田は慌ててグラスを手にした。

「冷酒もお持ちしました。大したものではありませんが」

「冷酒か。いいですね。いただこうか」

料理を運んで来ただけで、すぐに引き上げていくとばかり思っていた女将は、いっこうに出て行く気配がなかった。里美に向かって「ご苦労さま。ここはもういいわ」と言うと、里美はこくりとうなずき、部屋から出て行った。

「今時の若い女の子は無愛想で困ります」と女将が苦笑した。「お客様にご挨拶ひとつ、できないんですから。いくら教えても、空回りばかりです」

「いや、どこも同じですよ。女の子も若い男も。昔とは違いますから」

「本当に困ったものです。さ、おひとつ、どうぞ」

冷酒用の小ぶりのグラスを手渡され、滝田は女将の酌を受けた。ありふれた、どこにでもある酒だったが、塩味の効いた小鉢料理の数々をつつきながら飲んでいくうちに、身体の芯《しん》にあった根深い凝りが徐々に解《ほぐ》れていくような気がした。

「それにしても、驚いた」と滝田は笑みをにじませながら言った。「女将さんに直々、お相手していただけるとはね」

「他にお客様がおいでにならない時は、せめてこうやって、お話し相手に、と思ってしまうのが私の昔からの性分でして」

「いつもこんなふうに？」

「お独りのお客様は少ないですし、ご家族連れやカップルのお客様の場合は、たいてい水いらずのほうがお好きなので、いつもというわけではありませんが。あの、もし、お邪魔でしたら、ご遠慮なくおっしゃってくださいね。すぐに退散いたしますから」

「いや、いいんですよ。こんなふうにされていると、日頃のストレスから解放される感じがして、ありがたいです」

「お忙しくていらっしゃるのですね」

「テレビを中心にした、番組制作会社を経営してるんですよ。小さな会社ですがね、毎日が戦争です。ストレスを感じている暇もない」

「まあ、そんなに」

滝田はうなずき、訊かれもしないのに、その日、甲府で学生時代の恩師の通夜が営まれたという話をした。恩師がどんな人間だったのか、どんな影響を受けたのか、ということや、会社設立にいたる流れ、果ては自身の離婚劇についても、べらべらとしゃべりまくり、おれはいったい全体、初対面の人間に向かって何をしゃべってるんだ、と訝《いぶか》しく思いながらも、彼は女将から注がれるまま、酒を飲み、料理をつついた。

女将は彼の話に熱心に耳を傾け、うなずいたり、笑ったり、時に情け深そうに眉をひそめたりした。合間に短い感想を口にしてきたが、そのどれもが優しい、人間味あふれるものに感じられた。彼はさらに上機嫌になった。

「いやあ、今日の運転手さんに感謝しなくちゃな」と滝田は赤い顔をして言った。「まさか、こんなに気分のいい宿を紹介してもらえるとは、夢にも思っていなかった。こう言っては失礼だが、まさに拾い物でしたよ」

女将は滝田が勧める酒には手をつけなかった。酒は一滴も飲めない、ということだった。それでも酔いがまわった客のあしらいには慣れているようで、「あらまあ、ありがとうございます。おほめいただいて、光栄です」と言いながら、ちら、と意味ありげに、上目づかいに彼を見た。「……あのう、滝田様」

「ん？」

「変なことを申し上げるようですが、私、実はさっきから、気持ちが騒いでしまって、どうしようもありません」

一秒の何分の一かの短い間に、滝田の頭の中を邪《よこしま》な想像がかけめぐった。まさか、とは思うし、相手は自分より年上の、六十路の女である。だが、あり得ない話ではない。

「気持ちが騒ぐ？」と彼は何も気づかなかったふりをして聞き返した。「それはまたどうしてです」

「うまく説明するのが難しいんですが……ふだん、誰にもお話ししないようなことを私、急に、ここで今、滝田様に聞いていただきたくなってしまって。滝田様が、テレビ関係のお仕事をされていて、ふつうの方よりもずっと、いろいろなことに関心がおありなんだろうと思うと、余計に」

重大な秘密を明かしてみせることで、男の客との距離を縮め、性的なふるまいにもっていこうとしているのか、と疑うこともできた。だが、滝田はすぐに、そんな馬鹿げた想像をする自分を羞《は》じた。女将から漂ってくるのは、その種の下卑た誘惑ではなく、もっと別の何か……ひた隠しにされた不安のにおいだった。

「夜は長いし」と言い、滝田は平静を装って、グラスの中の酒をすいと空けた。「どんなお話でも伺いますよ。これも何かの御縁です」

グラスが空になったことにも気づかないのか、女将は急に真顔になって、畳の上で座り直すと、改まったように正面からじっと彼を見つめた。「こういった種類の話は、おいやかもしれないとわかっています。でも、事実なので……」

「女将さんも、やたらと気をもたせますねえ」

滝田は笑ってみせたが、女将は笑わなかった。部屋の温度が少し下がり、冷たい静寂が埃《ほこり》のように降り積もっていくような気がした。その瞬間、滝田は女将がこれから話そうとしていることが何なのか、勘づいて、思わず肩の緊張をといた。

いやはや、と滝田は思った。心霊現象だの、幽霊の呪いだの、といった因縁話に違いなかった。この山荘は明るくて清潔で、かつて自殺者が出たとか、殺人事件があったとか、心霊スポットとしてひそかに話題になっているとか、その種の話が似合うとは思えないから、おそらく地縛霊だとかなんとか、そういったたぐいのものだろう。さもなかったら、付近の山にまつわる怪異の話か？

滝田は内心ひそかに、皮肉をこめて嘆息した。よりによってその種の話を聞かされるとは。熱心に聞いているふりをすることはいくらでもできるが、鼻白むあまり、そのうち眠くなってしまうに違いない。

だが、女将が彼の気持ちの変化に気づいた様子はなかった。初めはいかにもおずおずと、話しづらそうにしていたものの、そのうち勢いこんだような話し方に変わっていった。

……このあたりでは明治時代初期に葡萄酒《ぶどうしゅ》製造の会社が設立され、昔からワインに関心の高い人間が多かった。赤間山荘の初代の主《あるじ》である女将の祖父も例外ではなく、山間《やまあい》の、崖の多い土地の特性を活かして、山荘の下に地下道のような細長い、今で言うところのワインセラーを造った。湿度といい、室温といい、ちょうどいい具合だったため、女将の祖父は、内外で買い求めてきたワインボトルをそこに貯蔵し、客にふるまったり、自身が楽しんだりしていた。

その祖父が他界し、山荘を切り盛りしていた祖母も亡くなった後は、ひとり息子だった女将の父親が跡を継いだ。父親は京都で染色を学んでいた男で、いずれは染師として独立し、京都に住むことになっていた。だが、山荘を継ぐ人間がいなくなることに心をいため、夢を捨ててこの地に戻ったのだった。

父親は、祖父ほどワインに関心を抱いてはおらず、地下のワインセラーもそのうち、活用されなくなってしまった。だが、地下空間そのものは初めから好みに合ったようで、壁にとりつけてある明かりを輸入ものの美しい照明に替えたり、床に薄手の絨毯《じゅうたん》を敷いたり、持ち込んだデスクの上で書き物をしたりし、時には客人を招いて、蠟燭《ろうそく》の明かりのもと、いっぷう変わった酒宴を開いたりしていた、という。

「で、そのワインセラーというか、地下空間なんですが」と女将は言い、ごくりと唾《つば》を飲んだ。心なし、青白くなった顔からふいに、あらゆる表情が消え失《う》せた。

女将は正面から滝田を見つめ、「そこに」と妙にゆっくりした口調で言った。「……幽霊、が出るのです。昔からずっと、同じ幽霊が。私はできるだけ中に入らないようにしていますが、今現在も物置として使っている以上、たまにはものを探すために入らざるを得ません。未《いま》だにあの幽霊に悩まされているのです」

「どんな幽霊なんです？」と滝田はごく儀礼的に訊ねた。「おじいさんの代のころ、そこで誰かが亡くなったとか、旧い人骨が出たとか、何か曰《いわ》くつきの場所なんですか」

「そういったことは何もありません。そのはずです。私は少なくとも何も聞いておりません。でも、出るのです。背の高い、痩せた男の幽霊と、八歳くらいの少年の幽霊が。二人とも、いつも煤《すす》けたみたいな薄茶色の、古めかしい単衣《ひとえ》の着物を着ていて、地下に入った者の脇をすうっと通りすぎていくそうでして……」

滝田が何か言おうとして口を開きかけると、女将はぶるっと震えながら、自分の両腕をさすった。「いやだわ、私。こんなお話していたら、怖くなってきました」

「女将さんはご覧になったことはないんですね」

「はい。ですが、従業員たちは何人も見てます。今も、です。さっきの里美という女の子は、最近、うちに来たばかりだから、何も知らないんですが、調理場の旧い人間はほとんど、見たことがあるそうです」

「じゃあ、代々、ここの方は見てきた、と」

「そうです。かつては今より規模が大きかったですから、従業員の数も多くて、みんなひそひそと陰で話題にしてたみたいで。母は父が京都で見そめて連れてきた人なんですが、ものすごく怖がって、あんな気味の悪い地下室はすぐに取り壊してもらおう、って言ってました。でも、あそこだけ壊すとなると、建物自体が傾いてしまう可能性があるので、それはできない、って父が猛反対。設計士の方にも相談したんですが、やっぱり地下だけを取り壊すのは無理があるみたいで。私も子どものころ、従業員から、よく幽霊の話を聞かされました。怖くて眠れなくなって、そのたびに母の寝床にもぐりこんでいったものです」

「子どもを怖がらせて、大人が面白がっていただけなんでしょう」

「いいえ」と女将はきっぱりと首を横に振った。「みんな、本気でした」

「お父さんはどうだったんです。幽霊が出ると知っていても、平気でその地下を愛用なさってたんですか」

「平気どころか、幽霊に興味を持っていたみたいですね。父には染めの心得があったので、染めものに関しては、いつも興味津々でした。ですので、その幽霊たちが着ていた、薄茶色の古びた布に興味を持ってしまって。古いけど、あれは絶対に草木染めだ、渋くてとても美しいものだ、って言い張ってました。それで自分も草木染めで同じものを再現してみたくなった、なんて申しまして。なんですか、柿渋を使った染料で糸を染めるところから始めて、ずいぶん時間をかけていましたが、ついに幽霊がまとってた着物とそっくりの布を染め上げちゃったんです。悪趣味だと思われるでしょう？　父にはそういう粋狂なところがありました。なぜここにいるのか、いつの時代の者たちなのか、訊いてみたい、って。そのために、同じ草木染めの布を作って見せてやって、現代でも同じものを染めあげることができるということを知らしめてやるんだ、って申しまして」

「で、幽霊が着ているのと同じような染めものを作った？」そう聞き返し、滝田はくすりと笑った。粋狂など、とんでもない。粋狂を通り越した変人だ、完全に頭がイカれている、と思ったが、さすがに口には出さなかった。

女将はうなずいてから続けた。「それで、その、自分で作った、さも古めかしく見える布を手にして、父が中に入っていきましたら、すぐに二人の幽霊が現れたそうです。父が幽霊たちと、どんな会話を交わしたのかは知りません。どうしてなのかはわかりませんが、絶対に教えてくれなかったんです。私にも母にも誰にも。でも、父は、変なことを言ってたんですよ。どうやら、浴衣があの幽霊たちを呼び寄せるみたいだ、って」

「ということはつまり、お父さんはその時、浴衣を着てらした、っていうことですか」

「ええ。父はお風呂あがりだけではなくて、ふだんから接客時以外に、浴衣を着る習慣がありました。でも、そんなものに反応するなんて、どういうわけでしょう。江戸時代か何かに、このあたりで死んだ農民か何かの幽霊なんでしょうか。でも、どうしてうちの地下に棲《す》み着いたりするのかしら。わけがわかりません。……ああ、ごめんなさい、こんな話、馬鹿みたいだとお思いでしょうね。でも、本当なんです」

「彼らが何者で、ここで何があったのかは見当もつきませんが」と滝田は言い、生あくびをかみころした。酒の酔いも手伝って、睡魔に襲われていた。「それにしても、おかしな幽霊たちですねえ。単衣の着物を着ている、ってことは、武士とか僧侶とか、地位の高い人間ではないようですが、それにしてもね。わかりませんね」

女将は独り言のように続けた。「父も母もすでに他界しました。兄弟姉妹もおりません。一人だけ残った私は結婚もせず、独身のままこの年になってしまいましたけど、それでも精一杯、この山荘を維持していこう、お客様に喜んでいただこう、と努力してきました。本当に喜んでいただくためには、女将である私が明るく元気でいなくてはなりません。ですので、今もあの地下に入らざるを得なくなった時は、決して浴衣は着ないようにしています。それどころか、和服を着て行くのもいやで……」

言葉がとぎれた。深くうなずくふりをしたとたん、急に強い睡魔に抗《あらが》えなくなり、座椅子に座ったまま、滝田は船を漕《こ》ぎ出した。

久保美鈴が、興奮した様子で滝田に電話をかけてきたのは、その四日後だった。

「滝田さん、感謝感謝です。ありがとうございます。さっき、赤間山荘に電話して、おそるおそる取材の申し込みをしてみました。そうしたら、女将さんはすごく迷っておられたんですけど、さすが、滝田さんの威力ですよね。滝田様のご紹介でしたら、お目にかかります、って言ってくれたんですよ！　しぶしぶ、って感じではありましたが、でも、引き受けてくれたのは事実だから、気が変わらないうちにと思って、私、明日、早速行ってきます！」

「よかったな」と滝田は言った。「誰と行くんだ。他のディレクターを誘って？」

「とんでもない。この件は私が独り占めしたいから、私一人で行きますよ。一応、カメラの人間は連れて行きますけどね。でも、下見のための撮影許可すらいただけない可能性もあるので、まずは私がこの目で見て、もっと詳しい話を聞いてきます。女将さんを説得するのは、その後です」

「浴衣、着ていけばいいよ。浴衣を着ていくと、必ず出るそうだからさ」

あははは、と美鈴は豪快に笑った。「そうしたいところですけど、さすがに浴衣じゃ、仕事になりませんから。ほんと、滝田さん、ありがとうございました！　もしこれがうまく運んだら、今年の特集の目玉になるのは間違いないです。撮影当日、現地に行かせるタレントも、今からあたりをつけてるところです。いずれにしても、また、経過報告しますね」

「帰りに、うまい甲州ワインでも買って来てほしいもんだな」

「言われなくても、そのつもりでいますよ！」

いつもと寸分違《たが》わぬ元気さだった。風邪をひきかけているとか、具合が悪いのを我慢しているとか、そういった様子はまったくなかった。そのせいもあってか、翌々日、事前の連絡も何もなしに、美鈴がふいにオフィスを訪ねて来た時、彼は少なからず驚いた。美鈴は決して、アポなしで、自分の都合だけで人のテリトリーを侵してくるような人間ではなかった。

美鈴はくたびれたような色あせたポロシャツに、薄汚れて見えるチノパンツ姿だった。顔色も悪く、ひどく疲れているように見えた。

手には甲州ワインが入れられた細長い紙袋を提げていた。それを「おみやげです」と言って差し出すと、美鈴は「不発に終わりました」と力なく笑った。「赤間山荘の女将さんを説き伏せることかなわず、でした。仕方ありません。諦めます」

「まあ、いいから座りなさい」と滝田はソファーを勧めた。

オフィスの一角に、簡単な打ち合わせができるコーナーを作ってある。パーティションで仕切っただけの狭い空間だが、ふいの来客や気のおけない知り合いと話す際には便利だった。

美鈴から受け取った甲州ワインをテーブルの上に載せると、滝田は美鈴の正面に腰をおろし、煙草をくわえた。エアコンを入れるような季節ではなかったが、室内は少し、むし暑く感じられた。そのせいなのか、美鈴は額の際あたりに汗をかいていた。

滝田は煙を深々と吸い、「そうか。だめだったか」と言った。「宿の名前を明かさなくても、このご時世だからね。どこにある、どの山荘か、なんてことはすぐにわかってしまうだろうし、そうなったら客足が遠のくのは目に見えてるから、こういうのは難しかったかもしれないな」

「やろうと思えば、絶対に特定されないやり方はいくらでもあるんです。でも、はっきり断ってもらって、かえってよかったかもしれません」と美鈴は言った。声が少し裏返っていた。「地下には入らせてもらうことができたんですけど、ほんと、すごくいやなところでしたから」

「いや、って?」

美鈴は、やや上目遣いに滝田を見た。「うまく言えません。二度と行きたくないし、思い出すのもいやです。行かなきゃよかったと思ってます」

「ほう」と滝田は身を乗り出した。わざと快活に笑ってみせた。美鈴がこれほど、感情をあらわにするのは初めて見た。可愛いところもあるじゃないか、と思った。

「無理やり思い出させて悪いんだけどさ、紹介したのは僕なんだから、一応、どんな情況だったのか、詳しく教えてもらいたいね。その地下には、どこから入るようになってたんだ?」

「一階の調理場の脇に、出入りのためのドアがあるんです。ふだんは鍵をかけていて、その鍵は、今は女将さんしか持ってないみたいですけど」

「女将やカメラマンも一緒に中に入ったのか?」

「女将さんは入るのはいやだ、っておっしゃって、ドアの外で待ってました。カメラマンは中に入らないよう、きつく言われてたので」

「じゃあ、久保が一人で入ったわけだな」

「そうです」

「で、中は？　どんな感じだった？」

「ドアを開けるとすぐに、急な長い階段があって、下りきったところに、鰻《うなぎ》の寝床に似た細長い通路が伸びてるんです。もっと狭苦しいところかと思ってたんですけど、天井もけっこう高かったので、意外でした。昔はそこに棚を並べて、ワインボトルを寝かせてたらしいんですが、今は完全に物置になってました。照明はありましたけど、薄暗くて、黴《かび》くさいような感じがして。突き当たりまでは、五十メートルくらいあったんじゃないかな」

「そんなに？」

「空間っていうよりも、ほんと、細長い地下道、って感じ。ああ、ほんと、いやなところでした」

「おいおい」と滝田はからかった。「たかが先代からの言い伝えみたいな話じゃないか。子どもだましもいいところだ」

「でも、滝田さん、布があったんですよ」

「布？」

「ええ。昔、女将さんのお父さんが染めたっていう布。滝田さんが女将さんからお聞きになった通りのものだと思います。一メートル四方くらいの大きさの四角いもので、旧くて、縁のところなんかがぼろぼろになって、変色してましたけど、それがそのまんま、地下道の壁に、錆《さ》びた画鋲《がびょう》で留めてあったんです。すっごく怖かった。見るのもいやでした」

「そんなに怖がることとか？　女将のお父さんが壁に貼っといたのが、そのまま残ってるだけだろうが」

美鈴は大きく息を吸い、深いため息をついた。「地下から出た後、女将さんに訊いたんです。壁に画鋲で留めてあったのは、お父様が染めて作った布ですよね、かなり旧くなって変色しちゃってますね、って。そしたら、女将さんは顔色を変えて、そんなもの、壁に留めた覚えはありません、って」

「ふうん」と滝田は言い、ガラスの灰皿で煙草をもみ消した。

美鈴までが心霊現象とやらを信じている様子なのが、どことなく気にくわなかった。何が起ころうが毅然《きぜん》としていられる人間ではなかったのか。

「それにしてもなあ」と彼はのどかな口調を意識して言った。「なんだか、下見して来ただけで心霊番組が一本できそうな勢いじゃないか。それはそれで収穫あり、ってことだよ」

それには応《こた》えず、「ともかく」と美鈴は言い、顔をあげた。無理して作ったような笑顔のあちこちに、玉のような汗が見てとれた。「そういうわけです。滝田さんには今回もまたお世話になったというのに、いいご報告ができなくて、申し訳ありません」

「どうした」と滝田は訊ねた。「すごい汗じゃないか」

美鈴は指先で額の汗を拭《ぬぐ》うと、「大丈夫です」と言い、ソファーから立ち上がった。「じゃ、滝田さん。私は今日はこれで失礼します。また、ご連絡します」

帰って行く美鈴の後ろ姿を見送りながら、滝田はふと、いやなものを見たように思った。それは二月に、最後に桂木と会った時に感じたもの……死相に似た何かのようでもあった。

彼は束の間、彼らしくもない居心地の悪さを覚え、再びせかせかと煙草をくわえた。

それから一ヵ月ほどたち、梅雨の季節に入った。

その後、どうなったのか、知りたくもあって、滝田は二度ほど、美鈴のスマートフォンに電話をかけた。留守電になっていたが、メッセージは入れなかった。履歴が残るので、後で必ず電話してくると思っていたが、二度ともかかってこなかった。気にはなったものの、滝田も仕事に追われ、そのうち忘れた。

テレビ局には、美鈴と共通の知り合いは星の数ほどいる。廊下ですれ違った時の気軽な立ち話などで久保美鈴は元気でいるのか、と訊ねることもできたが、独立してしまうと、そうもいかなかった。

六月の、肌にまとわりつくような霧雨が降りしきっている日の夕暮れどき。滝田は、たまたまスタッフが出払って誰もいなくなったオフィスで、美鈴のスマートフォンに電話をかけてみた。コール音はしたが、まもなく留守番電話に切り替わってしまった。

メッセージは吹き込まなかった。気づけば間違いなくかけ直してくれるはずなのに、かかってこない、というのは妙だった。番号を替え、そのことを知らせるのを失念しているのか。それとも携帯のつながらないところにいるのか。

仕事に戻ろうとして、彼はふと、美鈴と共通の知り合いでもある、フリーカメラマンがいたことを思い出した。

滝田よりも少し年上で、かつて何度か一緒に仕事をしたことがある。数年前、視聴率をとれることで有名な、例の夏の心霊特集番組を担当した、という話を聞いたこともあった。もしかすると、今回も局からオファーがあったかもしれない。

連日、全国を駆けずりまわっている男だったので、留守電になっているだろうと思ったが、思いがけず一度でつながった。地下鉄の駅構内かどこかにいたようで、あたりの騒音がすさまじかった。

滝田は挨拶もそこそこに、すぐに美鈴の話題を切り出した。最近、連絡がとれてないんだが、元気でいるのかな、と軽い調子を装って訊ねると、相手は「美鈴ちゃんですよね」と言った。「なんかずっと元気がなくて、体調悪そうだった、っていう話は聞いてます。八月の心霊特集で、僕も使ってもらえることになったんで、美鈴ちゃんに会えると思ってたのに、まだ一度も会ってないんですよ。どうしたんですかね」

「入院したとか、っていう話は聞いてない？」

「聞いてませんねえ」

「出社してるのかな」

「さあ、よくわかりませんけど、今度誰かに訊いてみましょうか」

埒《らち》が明かなかったので、滝田は礼を言い、もし美鈴に会ったら僕に連絡するよう伝えてほしい、とだけ頼んで通話を終えた。

他にも二、三、かつての仕事関係者に連絡をとってみた。いずれも美鈴と個人的に親しいわけではなく、連日、自分の仕事に追われているだけで、一介の女性ディレクターが今どうしているのか、知る者はいなかった。

妙に気になり、立て続けに美鈴にメールを送り、電話もかけてみたが、相変わらず何の応答もなかった。美鈴が住んでいるのが、高田馬場《たかだのばば》あたりのマンションであることは知っている。だが、住所はおろか、連絡先も知らなかった。

考えすぎかもしれない、という気持ちと、いや、やっぱり何か変だ、という、妙な第六感めいたものとが混在していた。滝田は、この忙しい時に、おれはいったい何をしているのだろう、と思いつつも、赤間山荘に電話をかけてみることにした。

以前、会った時と何ひとつ変わらない明るい声で電話口に出てきた女将は、滝田が名乗ると、「あら」と言って、ふいに声を落とした。それまで明るかった空に黒雲が垂れ込め、あたりの風景が一瞬にして影の中ににじんだ時のような感じがした。「滝田様。先日はどうも……」

「いや、こちらこそ。あの後、久保という女性ディレクターがそちらに伺ったそうで、今日はそのことでちょっと……」

「撮影、お断りしてしまったのですが、申し訳ないことをした、と今も思っています。せっかくの滝田様からのご紹介でしたのに」

「いえいえ、勝手にああいう番組を作ろうとしてる人間にあの話を教えてしまって、女将さんはさぞかし、不快な思いをしているだろう、とそれが気になってました。あらかじめ許可をとるべきでした。お詫《わ》びします」

「いえいえ、そんな……」

「で、その久保という女性なんですが」と滝田は言い、軽く咳払《せきばら》いした。自分がこれから話そうとしていることが、いかに現実離れしたものか、充分承知していながら、自身がすでにそれにとらわれ、不安すら覚え始めていることを感じた。「その後、そちらに何か連絡がありましたか」

「久保様から、ですか？　いいえ、何も」と女将は言った。きっぱりとした言い方だった。「あの後、連絡は何もいただいておりませんが」

「そうですか。なら、いいんです。お忙しいところ、申し訳ない」

「何かございましたか」

「いや、ただ、久保がね、おたくの地下に入らせていただいた後、なんて言うのか、かなり怖がっていたもんで、女将さんから撮影を断られたというのに、その後、僕に黙って女将さんにしつこく連絡して、ご迷惑をおかけしてるんじゃないか、なんてね、ちょっと心配になったもんですから。彼女、自分が理想とする番組を作るためには、突っ走って何でもやってしまうようなところがあるもんで」

嘘がすらすらと口からこぼれ落ちてきた。滝田はこめかみのあたりに冷たい汗がにじんでくるのを感じた。

「いいえ、そんなこと」と女将はやんわりとした言い方で言ったが、声には翳《かげ》りがあった。「とにかく、ご連絡はあれから一度もいただいておりません」

「ならよかった」と滝田は、白々しくも晴れやかな声で言った。「また、泊まらせていただきに行きますよ。うちのオフィスの連中も誘って賑《にぎ》やかに」

「ありがとうございます」と女将が儀礼的に礼を言ったのをしおに、滝田は電話を切った。

雨は強まったり、弱まったりしながら、その晩、いつまでも降り続いた。滝田はどことなく、うそ寒いような気分を抱えたまま、珍しく早めに自宅に戻った。

美鈴のことであちこち電話をしたり、ぼんやり考え事をしたりしていたせいもあって、片づけねばならない仕事が大量に残ってしまった。十月からスタートの、深夜のトーク番組の構成が、まだ完成していない。司会者に抜擢《ばってき》された男優と親しくしていることもあり、任されて気をよくしたのはいいが、桂木の通夜に行って以来、どうも調子が狂い、何度も書き直して、かえって混乱する始末だった。

オフィスで仕事を続けていてもよかったのだが、雨の晩、人のいなくなった雑居ビルに居残るのが急にいやになった。かつて、そんなふうに感じたことなど一度もなかったのに、妙なことだ、と滝田は思った。かなり疲れがたまっているのかもしれなかった。

美鈴が元気でいたら、こんな晩は強引に呼び出して、どこかで軽く飲みながら、あれこれ局の人間の噂話をし合ったり、いたずらに視聴率の高い番組の低俗性について語ったり、美鈴が手がけている番組のアイデアを出してやる代わりに、女性視点での意見を聞いたりできるのに、と思った。美鈴の不在は、得体の知れない不安をかきたてたが、それ以上に、思いがけず彼を孤独にさせてもいた。

オフィスを出るまぎわ、滝田はもう一度、美鈴に短いメールを送った。

『どうしているのか心配しています。連絡ください。滝田』

その日、四度めのメールだった。送ってから数分、待ってみたが、相変わらず返信はなかった。

自分が何を心配しているのか、何を不安がっているのか、滝田はわからなくなった。ただ単に、美鈴がスマートフォンをどこかに忘れてくるか何かして、連絡がとれなくなっているだけなのかもしれない。風呂場で居眠りし、スマートフォンを湯の中に落としてしまったのかもしれない。連絡がとれない、というだけで、病気や行き倒れ、突然死、精神の不安定など、様々な悲劇的事態を想像するのは間違いだ、と彼は自分に言い聞かせた。

そんな滝田が夜遅い時間、自宅でシャワーを浴び、冷蔵庫から冷えた缶チューハイを取り出した時だった。ダイニングテーブルの上に放り出しておいたスマートフォンが、メール着信を伝えた。

彼はすぐに飛びついた。待ち望んでいた美鈴からの返信だった。

『ご連絡せずにいて、ごめんなさい。これからお宅に伺ってもいいですか？　久保美鈴』

かつて、美鈴は一度だけ、滝田の自宅にやって来たことがある。ロケでハワイに行き、滝田にみやげとして、マカダミアナッツのチョコレートの大きな箱を買ってきた時のことだった。たまたま近くを通るので、よければお届けします、というメールをあらかじめ寄越してから、立ち寄ったのだった。

日曜の晩のことで、ちょうどつきあいのゴルフから帰ったばかりだった滝田は、疲れていた。あがってコーヒーでも、と形ばかり誘ったのだが、美鈴は初めからそのつもりなどなかったようで、玄関先でみやげを渡すなり、帰って行った。

何年前のことだったか、よく思い出せない。その時の、よく日焼けした元気な美鈴の姿を甦らせながら、滝田はふと怪訝《けげん》に思った。送ったメールに返信もできないような状態だったのは確かなのに、雨の日のこんな夜更け、わざわざうちまでやって来る必要があるのだろうか、と。それよりも何よりも、なぜ今夜、おれが自宅にいる、ということを知っているのか。

だが、美鈴がかろうじて無事らしいことがわかり、ほっとした。滝田は多くを考えまいとし、『待っています』とだけ返信した。

缶チューハイをひと口飲み、Tシャツをかぶって、ジャージーパンツに足を入れた。

濡《ぬ》れた髪の毛を乾かそうと、バスルームに行こうとした時、早くも部屋のインターホンが鳴った。

すぐ近くにいたのだろうか、と彼は訝しく思った。いくらなんでも早すぎた。マンションのすぐ近くにいなければ、メールの後、これほど早く到着することはできまい。タオルで髪の毛を乱暴に拭《ふ》きつつ、彼は壁のインターホンに走った。通話ボタンを押し、「はい」と言った。

前の年の暮れ、最新型のインターホンに取り替えた。モニター画面も大きくなり、細部がよく見えるようになった。

画面には、カメラに向かって立つ美鈴が映っていた。正面を向いていた。その両肩から、何か煤黒くて細長いものが、だらりと下がっていることに気づき、滝田は思わず息をのんだ。

それはどう見ても、古めかしい着物の袖《そで》から突き出している、人間の腕にしか見えなかった。袖は汚れた茶渋のような色だった。

「滝田さん」と言う美鈴の声が聞こえた。

泣きそうな声だった。「見えますか？　そこに映ってますか？　きっと映ってますよね？」

「おい」と滝田はふりしぼるような声を出した。喉《のど》が詰まりそうだった。「いったいそれは……」

「私……どうすればいいのでしょう」

美鈴は、インターホンのカメラを意識しながら、途方もなく重たいものを背負っているかのように、前かがみになってゆっくりと横を向いた。

モニター画面に映った美鈴の背中に、この世のものならぬ痩せた男、さらにその男の背に、幼い男の子がおぶわれているのが見えた。

煙のように実体のない、それでいて扁平《へんぺい》な身体つきをした二体の異形のものが、美鈴の背にしっかりとまとわりついているのだった。二人ともうつむいているので、顔は見えなかった。短髪なのか、坊主なのかも、定かではなかったが、少なくとも髷《まげ》を結っているようには見えない、と思った瞬間、滝田は冷水を浴びたようになった。

「私、どうすれば……」と言いながら、美鈴は横を向いたまま泣き出した。誰もいないマンションのエントランスホールに、美鈴の泣き声が響きわたった。「滝田さん、助けてください。お願いします。これから、お部屋に行かせていただきます」

「いや、それは……」と彼は言い、「いけないっ！」と大声をあげた。

慌ててインターホンを切ろうとした。だが、全身が震えていたせいなのか、あるいは異形のものの力がそうさせたのか、気がつくと彼の指は「終了」ではなく、「解錠」ボタンを押していた。

何も映らなくなった黒いモニター画面を前にしたまま、滝田は呆然《ぼうぜん》と立ち尽くした。

玄関ドアを出てすぐ正面にあるエレベーターが、ごとん、という音をたてて動き出した……。

緋色の窓

ふだんは忘れていても、ふとした瞬間に思い出し、背筋のあたりに冷たいものが走り抜けていく記憶、というものがある。何十年たとうが、その種の記憶はいつまでも、私たちに変わらぬ戦慄《せんりつ》をもたらす。

子どものころ、どこからか自転車で走って来た白いシャツに黒いズボンの若い男に、いきなり抱き上げられ、連れ去られそうになったことがある。大声をあげ、叫び、暴れたのだが、男の力にはかなわなかった。

男はどこに隠していたのか、細い縄をすさまじい勢いで取り出し、私の腰を自転車の荷台に括《くく》りつけた。神業のような素早さだった。両手両足を烈《はげ》しくバタバタさせると、男は私の頰を平手で強く打った。痛くて恐ろしくて、私は悲鳴をあげた。

まわりには誰もいなかった。たまたま四方を広い空き地に囲まれている一角だったため、民家もなかった。夏の終わりの、血のように濃い夕焼けが、あたりを染めあげているだけだった。

偶然、自転車で近くを通りかかった、顔見知りの酒屋の御用聞きがいなかったら、どうなっていただろう。想像するだにおぞましい。

その御用聞きは、事態を瞬時にして把握すると、「こら、何してるんだ!」と血相を変えながら、こちらに突進してきた。男は自転車ごと私を放り出し、どこかに逃げ去って行った。

すぐに縄をといてもらい、私は自由になった。警察が呼ばれた。野次馬が集まって来た。知らせを聞いた母が、女ものの下駄を鳴らし、息を切らしながら駆けつけた。美容師だった母は、いつものようにパーマ液のにおいのする白い割烹着《かっぽうぎ》をつけていた。私はそこに顔を埋めて、震えながら泣きじゃくった。何を聞かれても、声が震え、喉《のど》が震えて、うまく答えられなかった。

そよとも風の吹かない、じっとしているだけで汗が滴り落ちてくるような暑い夏の日の夕暮れだった。熟したトマトの果汁のような色をした夕焼けは、徐々にインクブルーの薄闇に変わっていった。

私は今も、異様に燃え立つような夕焼けや、世界が音もなく青みがかった夜に変わろうとする、魔のような時間帯が恐ろしい。頭のおかしい男に連れ去られそうになった時の記憶が甦《よみがえ》るからだが、それだけではない。

私の中に封印されているはずの、もう一つの記憶。それがあの、誘拐されかかった時の記憶と共に再生されるのだ。

もう半世紀も昔のことだというのに、記憶は少しも色あせない。それどころか、私には今も、何もかもがはっきりと思い出せる。この瞬間、目の前にしているもののように、記憶には美しく瑞々《みずみず》しい色がついている。木々の梢《こずえ》から庭の草に滴り落ちる雨露の音、そちこちで鳴き続ける虫の声が聞こえてくる。草いきれ、土のにおい、雨のにおいが甦る。

そして、正直に告白すると、未《いま》だに鳥肌がたつほど恐ろしいことなのに、その恐ろしさの奥底にはほんのわずかではあるが、甘く冷たい水のごとき懐かしさのようなものがふくまれている。私はその懐かしさに身を委《ゆだ》ねたくてたまらなくなる。

この世のものではないものと隣り合わせでいたころ。誰にも言えずに、密《ひそ》かに怯《おび》えていた毎日だった。なのに私は、あの底知れぬやさしさと静かな気配を甦らせるたびに、今も我知らず、うっとりさせられるのである……。

昭和四十二年……東京オリンピックが終わって三年後のことだったから、もうずいぶん昔の話だ。大昔、と言ってもいい。

人もうらやむ恵まれた結婚をし、東京の住宅地にある古い家に住んでいた七つ年上の姉が、初めてみごもった赤ん坊を流産してしまった。大事な時期に不注意から自宅の階段で足をすべらせ、下まで転げ落ちてしまったのが原因だった。

姉の嘆きようは尋常ではなかった。日がな一日、泣き暮らし、やがて心身のバランスを大きく崩して、寝たり起きたりの生活を余儀なくされた。

姉の夫＝私の義兄は、浩《ひろし》さんという。浩さんは姉の五つ年上。大学を出てから丸《まる》の内《うち》にある大手企業に入社した会社員で、たいそう忙しい仕事についていた。朝は七時に家を出て、帰宅するのは早くても夜九時過ぎ。会食がある日は、最終電車でなければ戻れない。そのうえ、月に二度は接待ゴルフがあり、休日ですらゆっくり家にいられたためしがなかった。

頼みの綱の浩さんがそれじゃあ、どうしようもない、と母は半分怒ったように言い、「あんた、ちょっと行って、しばらく晴子《はるこ》姉ちゃんの面倒をみてきなさい」と私に命じた。

家の中のことを手伝ってやるかたわら、三度三度、栄養価の高いものを食べさせて、話し相手になってやれば、姉も元気を取り戻すに違いない、というのである。

なにより、食べないのが一番いけない、と母は鼻の穴をふくらませて言った。食べてさえいれば、たいていの病気は吹き飛ぶ、というのは母の昔からの持論だった。

女は世間の人が思うほどやわな生き物じゃない、というのも母の口癖だった。何があっても女の人はたくましく生きていける、女の人生は、めそめそしてる暇なんかないくらい、忙しいんだ、と。

なるほどその通りの人生を母は送った。神奈川県の海沿いの町で美容院を経営していた母は、つれあい……私と姉の父を早くに亡くしてからは、女手ひとつで私たち姉妹を育ててくれた。よく食べ、よく働き、つまらないことにこだわらず、よく寝て、豪快によく笑う。そのたくましさは文字通り、胸がすくようだった。

私も姉も、父のいない家庭のさびしさ、不安は一度も味わったことがない。すべて母が、十全に男親の役目も果たしてくれたからだ。

だが、多忙な美容師という仕事柄、母が私用に時間を割くことはなかなかできなかった。まして姉に付き添って三度のごはんを作ってやるなど、到底無理な話だった。気軽に姉の世話を頼めそうな親類もいなかった。

一方、私は地元の高校を卒業してから、就職もせず、進学もせず、家事手伝いと称して実家に残った。時々、母の店を手伝いに出かけたが、任されるのは店の掃除やタオル類の洗濯程度。特別にできることも何もなかったし、やらせてもらえなかった。だから、私には、家を預かって、母の代わりに主婦業に専念していることのほうがよほど楽しかった。

そのうち、店のお得意さんが、あんたのために、とびっきり条件のいいお見合い話をもってきてくれるよ、絶対にそうなるよ、あんたはいいお嫁さんになれるんだから、と母は言った。二十歳を過ぎたばかりで、まだ結婚など考えられなかったが、私はなんとなく、そんなふうにして自分は生きていくのだろう、そうに違いない、と思っていた。

姉の晴子は短大を出てから、間に立って紹介してくれる人があり、東京の大手企業に就職を果たした。そこで出会った男に見そめられ、恋におち、都内の大きなホテルで大勢の客を招いて結婚披露宴を開いた。そんな姉と自分との間には、初めから千里の距離があった。

私は性格、体質ともに大柄な母に似て、色も浅黒かったが、姉は亡き父親ゆずりのきめ細かい白い肌をもつ、美しい人だった。神経質なのが玉にきずだったものの、頭はよく、学校の成績は常にトップクラスだった上、気持ちのやさしい人で、誰からも好かれた。

七つも年が離れていたせいか、私は姉にやきもちを妬《や》くどころか、常に憧《あこが》れの念を抱いていた。姉は、映画や小説の中の主人公のような、人に愛される華やいだ人生を送るのにふさわしい人だった。

恋愛結婚をした浩さんと姉とは、誰の目にも似合いの夫婦だった。浩さんは典型的な坊っちゃん育ちで、たくましくやさしい上に美男だった。浩さんのお父さんは千葉県で大きな海産物加工業を営んでおり、お母さんの一族は同じ千葉県の土地持ちだった。

人にはそれぞれの幸せがある、と母はいつも私に教えてくれた。その通りだった。私は私だけの、ささやかな幸せを大切にして精一杯生きよう、と心に誓っていた。実際、その通りに生きることができたのは、母のおかげだったと思っている。

だから、姉のように進学せず、華やかな職場でハイヒールの音をたてて歩くような人生を送らずにいても平気だった。私には、海辺の町で、せっせと糠味噌《ぬかみそ》をかきまわしたり、鍋底《なべぞこ》をみがいたり、庭でキュウリやトマトを作ったり、仕事で疲れて帰って来る母のために夕食の支度をしたりしながら暮らす生き方が似合っていた。そうしながら、心のどこかで、いつかきっと、素敵な王子様が私を迎えに来てくれる、と夢みているほうがよほど楽しかったし、そもそも私は、そうした生活を心から愛していたのである。

そんなわけだったから、東京に住む姉夫婦の家に一時期、出向いて同居し、弱ってしまった姉の世話をしてやることに、私は何の違和感も抱かなかった。妹の私がそうするのは当然だった。なによりも傷つき、苦しんでいる姉を支え、元気づけてやりたかった。

電話で「お姉ちゃんのお手伝いに行く」と告げると、姉は小躍りせんばかりに喜んだ。

「みぃちゃんが来てくれるなんて、夢みたい。ほんとなの？　いつから来られる？ああ、嬉《うれ》しい。これで安心だわ。ほんとのこと言うとね、さびしくって不安で、仕方なかったのよ」

私の名は美江子《みえこ》。姉は私が幼いころから、私のことをみぃちゃん、みぃちゃん、と呼んでいた。

「ちゃんと食べなきゃだめだ、って、お母さん、いつも心配してるのよ」と私は言った。「食べないから、どんどん身体も心も弱くなっちゃうんだって。無理してでも少しずつ食べなくちゃだめだって。人間は食べることをやめたら、いっぺんに心まで弱っちゃうんだって。私が行ったら、毎日、おいしいものをどっさり作ってあげるから、ちゃんと食べてね」

「ええ、ええ、もちろん、そうする。がんばるわ。みぃちゃん、早く来て。毎日、浩さんは帰りが遅いし、日曜日だってゆっくりしていられないのよ。いつも私はひとりぼっち。さびしくってね。もう、いたたまれないの」

「さびしい、さびしい、って、野中の一軒家じゃあるまいし、変なの、お姉ちゃん」と私はからかった。「そのあたりは古くからある住宅地じゃない。いっぱい人が住んでるんだし、何がそんなにさびしいのよ」

「みぃちゃんにはわからないかもしれないけど、人は住んでても、夜なんか、しーんとしちゃうの。本物の住宅地って、そういうところなのよ。近くのね、雑木林で木菟《みみずく》が鳴くことだってあるんだから」

「木菟？　ほんと？　東京なのに木菟がいるの？」

「いるわよ。このへん、空き地とか雑木林が多いでしょ？　こないだなんか、夕方、うすぐらくなったころにね、なんでもうじき夜なのに、こんなにたくさんクロアゲハが飛んでるんだろう、って思ってよく見たら、ちっちゃなコウモリだったの。それもね、たくさん」

「うわっ、やだ。コウモリは私、苦手」

「私だってよ。どこかに巣があるのね。いやんなっちゃう。浩さんは、このへんはまだたくさん自然が残ってるからありがたい、オリンピックで東京の町は、どこもかしこも、ものすごく変わっちゃったから、こういう場所は本当に貴重だ、財産だ、っていつも言うんだけど……私はね、違うのよ。前に住んでた家みたいに、いつもまわりに人の声がしてて、夕方になるとお豆腐屋さんのラッパの音が聞こえて、子どもたちが暗くなるまで外で遊んでてくれるみたいなね、そういうガチャガチャしてるとこのほうが好き。とにかく、みぃちゃん、早く来て。心細くて仕方ない」

　姉夫婦がその当時住んでいた家は、浩さんの勤める会社が借り上げてくれていた古家だった。

それまでは下町の商店街近くにあった小さな社宅住まいだったのが、姉の妊娠がわかってから、広い家に越したい、と浩さんが会社に申請。たまたま山手線圏内にある社宅はすべて塞《ふさ》がっていたため、急遽《きゅうきょ》、その家があてがわれた。

企業の社宅として使われてきた家ではなく、もとはと言えば一般向けの貸家だったらしい。だが、最寄りの私鉄の駅までは、大人の足でゆっくり歩いても十二、三分。典型的な古い住宅地の一角にあり、周辺には大学教授や勤務医、大手企業の役付きクラスなど、身元の確かな住民の家々が並んでいた。

枝折り戸のついた庭や手水鉢《ちょうずばち》などはあれど、純和風、というわけではなく、洋間もある和洋折衷の二階建て。部屋数が全部で四つ、というのも、出産を控えた夫婦にはちょうど手頃な大きさだった。下見に来てすぐさま気にいり、姉夫婦は早速、引っ越して来たのだった。

しかし、姉は、まさにその家の二階から階段を転げ落ちて流産してしまったわけである。その悲しみをいつまでも引きずっていた姉は、ここに引っ越しさえしなければ、今頃は可愛い赤ちゃんの世話をして忙しく動きまわっていたでしょうに、とことあるごとに口にした。

あまりにもその通りだと思ったので、さすがの私も何も言えなかったのだが、母は持ち前の明るさで姉を叱りとばした。

「何を情けないことを言ってるの。いいと信じてやったことを、後になってそんなふうに言うもんじゃありません。迷ったあげく、仕方なしに選んだ家じゃなくて、心からいいと思って引っ越したんだから、それでよかったと思いなさい！　ありのままを受け入れられない人間は、一歩も前に進めないよ！　しっかりしなさい！」

母に一喝されれば、姉もうなずかざるを得なくなる。その後、その貸家に越したことを後悔するような素振りは見せなくなったが、あれだけ状態を悪化させていたところをみると、日がな一日、密かにそのことばかり考えていたのであろうことは明らかだった。

その証拠に、私が両手いっぱいの荷物と共に姉夫婦の家に着いたとたん、姉は「ねえ、わかるでしょ」とかすれた声で言ったのだった。「この家、変に湿ってると思わない？　日当たりが悪いわけじゃないのに、どうしてこう、いつもいつも、床がべとべとしてるのかしら。拭《ふ》いても拭いても、床下から湿気があがってくる感じがして気持ちが悪くて」

「梅雨どきなんだもの。仕方ないじゃない」と私は明るく言った。「こんなに毎日、雨ばっかりだと、どんな家だって湿気があがってくるわよ。うちだってひどいもんよ。海風が吹くから余計にべとべと。どこだっておんなじよ」

「特に階段がね、ひどいの」と姉は私の話など聞いていないように言い、眉根《まゆね》を寄せた。姉に会うのは半年ぶりだったが、いっそう痩《や》せ衰え、やつれたように見えた。
「階段？」
「べとべとしてる、っていうよりも、濡《ぬ》れてる感じがするの。だから私、すべって、
ああいうことになったんだわ」
「濡れてたら、かえって足の裏にくっつくから、すべりにくくなると思うけど」
「ううん、違う。濡れすぎてるとすべるじゃない。私がすべって落ちた時も、ほんと
につるん、ってすべった感じがあったもの。うすい水が張ってる板の上ですべったみ
たいに」
またその話が始まるのか、と思って身構えたが、私は黙って聞き役に徹することに
した。根気よく姉の話し相手になり、励ましたり、元気づけたりしながら、姉にいろ
いろなものを食べさせ、健康にすることが私の役目だった。
「あれから二年もたつけど」と姉は力なく言った。「この季節、全然変わらないわ。
相変わらず階段が濡れてて、すべりやすいの。もっと早く気づいて、手を打ってれば
よかった」
「浩さんがすべり止めをつけてくれたんでしょ？」
「あれは事故の後よ。事故が起こってからそんなことをしても、もう遅すぎたのよ」
姉は流産を「事故」と呼んでいた。二年も前のことになるのに、何ひとつ変わって

いなかった。

「やっぱりこの家、家相が悪かったのよね。早く引っ越したい、って浩さんに言ってるんだけど、浩さんもあんなふうに忙しいし。無理は言えないってことはわかってるの。それに私と違って浩さんは、この家、すごく気にいってるのよ。こんなに居心地のいい家は、そうそう見つからない、っていつも言うの」

「私もお義兄《にい》さんと同じ意見よ。この家、大好き。今回だってね、お姉ちゃんの家にしばらく住めると思うと、わくわくしちゃった。ちょうどいい大きさだし、かわいい庭がついてて、緑や花があふれてて、なんて素敵なの、っていつも思ってたもの。それに、ご近所がお金持ちばっかり、っていうのもいいじゃない」

「金持ちなんていないわよ。どこの家の話をしてるの？　みぃちゃん、ちっとも世の中のこと、知らないんだから」

「あらそう？　でも、お隣だって、一応、お金持ちじゃないの」

私は姉の家の庭向こうに建つ、隣の家を指さした。姉夫婦の家とよく似た、庭つきの和洋折衷の二階家だった。ただし、そこは貸家にしているわけではなく、持ち主がいた。会社経営者だという話で、男はその家に、以前からお妾《めかけ》を住まわせていた。

姉の家に遊びがてら泊まりに来た時など、私も数回、お妾だという女性を通りで見かけたことがある。日本舞踊が趣味とかで、ちょっとした買い物に出る時も、いつも和服姿だった。

姉よりも少し年上の、三十過ぎ、といった年齢に見える、小柄で痩せ型の女だった。淡い後れ毛をみせながら結い上げた髪型がよく似合っていた。色香を漂わせる、たいそうな美人だったが、いつ見てもさびしげで、どこかしら陰気だった。通りすがりに挨拶《あいさつ》を交わす時も伏目がちだった。

「お隣、今はもう空き家になっちゃったのよ」と姉はその時、いやなものでも見るように私を見ると、ぽつりと言った。

「空き家？　どうして？　あの人、引っ越しちゃったの？」

「教えてなかった？　亡くなったのよ。何の病気かは知らないけど、夜遅く救急車が来て運ばれて、その翌日、もう、病院で息を引き取ったんですって」

「いつよ。ちっとも知らなかった。お姉ちゃん、そんなこと全然……」

「教えたつもりでいたんだけどな。言ってなかった？　亡くなったのは今年の二月。寒い日だったわ。ああいう立場の人だったでしょ。だから、お通夜もお葬式も、なんにもやらずじまいでね。お骨は誰が引き取ったのかしら、って、浩さんと言ってたの。少し後になって、男の人が三、四人来て、トラックで荷物なんか運び出してたけど、それっきり。通って来てた男の人も、ぱったり来なくなったし。庭も荒れちゃって……

…」

「そうだったの」と私は言った。

隣の家が空き家になってしまった、というのでは、さぞかし姉も心細かったことだろう、とふと思った。昼も夜もひとりで過ごすことが多ければ、隣の家のことも案外、気になるものである。家はあっても住んでいる人がいない、というのは、不安を呼びさますことになりかねない。

姉の家の小さな庭先に、日本舞踊のための三味線の音がかすかに聞こえていたこと、隣家の二階の窓からもれてくる明かりが、庭を黄色く照らしていたことなどを思い出しながら、私は、病気で急死したというお妾の短い生涯を想った。

どんな事情があって、お妾の立場に甘んじていたのかは知る由もなかったが、一見したところ品がよさそうに見える女だった。女を囲っていた男については何も知らない。

夜、あたりが暗くなってから、運転手つきの黒塗りの車で現れ、深夜をまわってから帰って行くのを何度も目撃した、と姉は言っていたが、私は会ったことも見たこともなかった。住宅地の中にある贅沢《ぜいたく》な一軒家を女に貸し与えて、気ままに通ってくるだけの男だったわけだから、相当、金回りのいい人物だったのだろう。休日に姿を現すこともあったと聞けば、あるいは妻公認だったのかもしれないとも思う。

くすんだ門柱には「市川《いちかわ》」と墨文字で書かれた表札が出されていたが、本名かどうかはわからなかった。いずれにしても、あのきれいなお妾さんは亡くなってしまった、と思うと、私は妙にうらさびしいような、気の毒なような心持ちにかられた。

だが、姉との間で、死んだお妾の話が出たのはその時だけだった。姉は、はっきりとは口にしなかったが、死人が出た隣の家が空き家になってしまったことを、話題にすらしたがらなかった。

なるほど、隣家と姉の家の庭とは、何本かの鬱蒼《うっそう》と繁る木々と黒ずんだ竹塀によって隔てられていたとはいえ、文字通り隣り合わせだった。これほど近くで、長年、ひっそり独りで暮らし続けてきた女性が死んだ、というのは、あまり気持ちのいい話ではないだろうと思ったので、私もそれ以上、姉の前で、死んだお妾の話は出さないよう、気をつけていた。

洗濯物を物干し竿《ざお》に干している時や、二階の窓からふと、庭越しに隣の家が目に入ることはしょっちゅうだったし、庭の草むしりをしながら、かつて耳にしたことのある三味線の音を幻聴のようにして聞いてしまうこともあった。雨の夜など、誰もいないはずの隣の家の、閉じられた雨戸の隙間から、青白い光がもれているような気がすることもあった。

だが、それらはすべて私の思い過ごしだとわかっていた。私は母ゆずりの合理主義者でもあった。非科学的なことに娘らしい興味がないわけではなかったが、たとえば墓地に人魂が飛んでいたのを目撃した、と言って大騒ぎしている級友の話を聞いている時など、恐ろしげな表情で震えながらうなずいてみせながらも、内心、それは燐《りん》が燃えただけよ、と小馬鹿にしているようなところがあった。

怖いのは幽霊じゃなくて、人間だよ、幽霊はなんにも悪さしないけど、人間は平気で人を殺すんだから、と母は常々言っていて、私もその通りだと思っていた。幼いころ、見知らぬ男に連れ去られそうになった経験があるものだから、なおさらだった。

だから、死んだという隣のお妾の話も、別に怖くはなかった。雨が多く、どことなく湿った季節、濡れそぼった木立の向こうに建つ、日陰の身だった女性が住んでいた二階建ての木造の古い家は、怪談話の材料にするにはもってこいだったが、それは私にとって、あくまでもただの空き家であり、そこに住まっていた人が死んだからといって、怯えなければならない理由はひとつもなかった。

そんな私が少しずつ、それまでの自分とは違う想いを抱くようになったのは、姉夫婦と同居を始めてひと月ほどたってからのことになる。

私の手料理が口に合ったのか、それとも、実の妹が話し相手になってくれることに安心したのか、姉は少しずつ食欲をみせ、よく食べるようになって、心身の状態を回復させていった。それでも、無理は禁物で、張り切って台所に立っただけで、翌日からまた、元の木阿弥《もくあみ》になることはしょっちゅうだったし、テレビで赤ん坊が出てくるドラマを観たり、芸能人が妻子ある男の子どもを妊娠したという見出しの雑誌の広告を目にしたりするたびに、塞ぎこんでしまうこともあったから、油断できなかった。

義兄の浩さんはますます忙しくなり、相変わらず帰りが遅かった。とはいえ、私という人間が姉を支えていることが彼の気分も楽にさせたようである。御礼に、と言っては、会社帰りに高価なケーキやチョコレートを買って来てくれたりするので、私はすっかり気をよくしていた。

そんなある晩のことだったが、風邪気味で少し熱っぽい、という姉を先に寝かせ、私は義兄の帰りを待っていた。

七月だというのに、湿っぽく冷たい、梅雨寒のひんやりとした晩だった。朝から降っていた雨もいっこうにやむ気配はなく、時折、軒先を叩《たた》く雨足が強くなった。

夕刊を隅から隅まで読み、少し古くなった女性誌をぱらぱらめくり、ぼんやりテレビを眺め、これといってやることもないまま、時間が過ぎていった。やがて、午前零時をまわったころだったか、外の通りで車が停まる気配があった。

義兄は、時々、最寄り駅の一つ手前の駅で降りて、構内タクシーを使って帰って来ることがあった。当時、構内タクシーがあるのは、近隣ではその駅だけだったからだが、そんな時は、家の前まで乗り付けて、降りたとたん、タクシーのドアがバタンと閉まる音があたりに響きわたるから、すぐにわかる。

タクシーで帰って来たんだ、と私は思い、急いであたりのものを片づけて、玄関に向かった。玄関は開閉式の木製のドアで、脇にブザーがついていた。ブザーを鳴らされたら、せっかく眠った姉を起こしてしまうことになる。姉は、深夜のブザーの音は、誰かが死んだ、という電報を届けにきた時の音を思い出させるからいやだ、と常日頃、言っていた。

私はサンダルをつっかけ、そっと内鍵《うちかぎ》を開けて外に出た。だが、外に義兄の姿はなかった。乗って来たはずのタクシーも見えなかった。

空耳だったのか、と思いつつ、通りに出て左右を確かめた。姉が言っていた通り、住宅地とはいえ、通りは森閑としていてさびしく、人影はもちろん、猫一匹、歩いていなかった。遠ざかっていくタクシーのテールランプも見えなかった。

姉夫婦の家の隣の空き家に人がいないのはもちろんのこと、さらにその隣は造成されたまま、ほったらかしにされている草ぼうぼうの空き地だった。反対側の隣には門構えのがっしりした大きな家が建っていたが、門灯がぼんやり灯《とも》されているだけで、すでに住人は寝入ったのか、物音ひとつしない。

道路をはさんだ向かい側には、手つかずの雑木林が拡がっている。その両側には数軒の古い家が建ち並んでいたものの、雑木林の鬱蒼とした木々が家々の明かりや外灯をかえってさびしいものにしており、木菟なのか、何か別の鳥なのか、あるいは鳥ではなく、このあたりに棲《す》みついている野生動物なのか、雑木林の奥からは奇妙に低い、何かの鳴き声がひっきりなしに聞こえていた。

雨は小降りになっていたが、肌にまとわりつくような霧雨に変わっており、じっと立っていると、夏だというのに底冷えがしてきそうだった。

車が停まる音がしたと思ったのは、何かの聞き間違いだったのだろう。義兄がタクシーで帰って来るに違いない、と思っているものだから、車の音がしたように思っただけなのだ。そう考えて、急いで家に戻ろうとして踵《きびす》を返した、その時だった。

空き家であるはずの隣家の門のあたりから、黒い人影がのそりと現れた。人影、としかわからず、顔も姿も何も見えない。それは黒い塊のようになって、闇と溶け合いながら、わずかに蠢《うごめ》いた。

あまりに驚いたので、喉の奥から悲鳴がほとばしり出そうになった。腰が抜けかかった。

両手で口をおさえていると、通りの街灯の明かりを受けたその黒い塊は、徐々に輪郭をはっきりさせていった。黒く見えたが、それは白いワイシャツ姿の義兄だった。

義兄は困惑しきったような表情で私のほうを見てから、よたよたと疲れ果てた足どりでこちらに向かって歩いて来た。手には、脱いだ夏ものの背広と、いつも出勤する時に持って出る薄手の鞄《かばん》を提げていた。

「お義兄さん」と私は声に出した。声はふるえていた。「そんなところで、何してたの」

「何、って」と義兄は言った。しどろもどろ、というよりも、意識が半分、曖昧《あいまい》になっているかのようだった。「……わからない」

「お隣にいたの？　何してたの」

「隣？」

「お義兄さん、今までお隣にいたんじゃないの？　お隣から出て来たじゃない」

「いや、僕は……」と兄は言い、青白い顔をして私を見た。「……なんで美江子ちゃんがここに」

「タクシーの音がしたから。お義兄さんが帰って来たと思って、お迎えに……」

「僕はタクシーなんか」と義兄は言った。低く消え入るような声だった。「……乗ってない」

「じゃあ、駅から歩いて来たの？　歩いて来て、お隣に入っちゃったの？　もしかして、酔っぱらってるの？」

「いいや、ちっとも」と義兄は言ったが、今にも嘔吐《おうと》しそうな顔つきで、胸のあたりをひと撫《な》ですると、うんざりしたように私を一瞥《いちべつ》し、背を丸めて家の玄関に入って行った。

その晩、義兄はひと言も私とは口をきこうとせず、遅く帰った時に必ず飲む昆布茶も飲まず、風呂《ふろ》にも入らずに寝室に入って行った。

翌朝、こざっぱりとした顔つきで二階から降りてきた義兄は、前の晩のことはまったく記憶にないかのようにふるまった。私も何も聞かなかった。姉の手前、ということがあったからだが、そうでなくても、義兄に質問を浴びせるつもりはなかった。

少なくとも、へべれけになるほど飲んできた様子はなかったものの、義兄は仕事のことでとてつもなく疲れていて、駅から徒歩で帰った際、夢遊病者のごとく、ふらふらと家を間違え、隣の敷地に入ってしまったのだろう、と私は結論づけた。疲労がたまると、そのようなことが起こらないとも限らない。

いったん隣の敷地に入ってしまった後、間違いに気づいてぞっとして、慌てて表に出て来たところを私に目撃されたのだろう。そんな病的な間違いをしでかしたことを改めて問われるのも、きっとバツが悪いに違いないだろうから、ここは黙っているに限る、と私は考えたのだ。

姉が義兄のことで、何かに気づいた様子がまったくなかったのは幸いだった。前の晩、姉は風邪薬を飲んで休んだのだが、薬のせいで、ぐっすり眠りこけていたようである。

やがて私もその晩のことは忘れていった。変わったことは別に何も起こらないまま、梅雨が明け、本格的な夏がやってきた。

燦々《さんさん》と夏の光を浴びる季節になると、姉の家はいっそう居心地がよくなった。町の縁日で買ってきた風鈴を軒先に下げ、日毎《ひごと》に顔色がよくなっていく姉と共に、縁側でアイスクリームを食べたり、西瓜《すいか》をかじったりしながら、流行のファッションの話や芸能人のゴシップ、海外のミュージシャンや新作映画などについて、他愛ない話に花を咲かせるのは楽しかった。

夏の日ざかりの午後、庭の草花の上を飛び交う蜜蜂《みつばち》の羽ばたきは眠たげで、緑の木立を吹き抜けてくる風はやわらかく、青々とした草の香り、かわいた土の香りをはらんでいた。

もう大丈夫、と姉が言ってくるまでと決めていたが、せめて夏の間だけは姉の家で過ごしていたかった。姉のほうでも、義兄の帰りを待つだけの毎日から解放されたのが、よほど嬉しかったと見える。みぃちゃん、帰っちゃいやよ、ずっとここにいてよ、などと甘えた口ぶりで頼りにしてくるのが私には誇らしく感じられ、できることなら秋が深まるまでここにいたい、いや、いっそ年が明けるまで、などと考えて、私はすっかり姉の家に腰を落ち着けていたのである。

だから、そんな姉の口からふと思い出したように、義兄への疑惑について聞かされた時はたいそう驚いた。日頃の様子から、そんな猜疑心《さいぎしん》を抱いていたようにはちっとも見えなかったからである。

「浩さんね、もしかすると浮気してるのかもしれない」

よく晴れた八月の昼下がりだったが、姉は私と縁側で並んで麦茶を飲んでいた時、ぽつりとそう言った。はっとして姉の横顔を見たのだが、姉はいつもの姉そのもので、不安にかられたり、感情的になったりしているようには見えなかった。顔色もよかった。その頬は、少しふっくらと肉付きがよくなってさえいた。

「いやぁだ、いきなり。どうしてそんなこと言うの？」

「具体的な証拠があるわけじゃないのよ。ただの私の勘だから。でも、なんとなくそう思えて仕方ないの」

「でも、もしそうだったとして、いったい、どうやって浮気するのよ。毎日毎日、お義兄さんは忙しく働いてるのに。そんな暇、ないでしょう」

「忙しいからって、男の人が浮気しないとは限らないわ」

「そりゃあそうかもしれないけど、考え過ぎよ。お義兄さんはそんなことしない人だし、絶対、できないと思う。世界で一番、お姉ちゃんのことを愛してる人だもの」

「でも、誰か女の人がいる感じがするの。女の人の影を感じるのよ」

「誰かって誰？」

「わかんないけど。絶対にバレないように、ものすごくうまく隠してるんじゃないかしら。尻尾《しっぽ》を出さない、っていうのか。私を裏切ってることを絶対におくびにも出さない覚悟を決めてる、っていうのか」

「……その相手って、ホステスさんとか？」

「さあ、どうかしら。それはわからない」

「いつもいつも忙しがってて、夜も遅いし、あんまり一緒にいられないもんだから、お姉ちゃん、そういう想像をたくましくしちゃうのよ。だめだめ。朝から晩までお姉ちゃんのことしか考えてなくて、お姉ちゃんのために働いてくれてる人に向かって、そんなふうに疑うのは失礼よ。お母さんだって、おんなじことを言うと思うな」

そうね、でも、と姉は言った。何かとてつもなく重要なことを言い淀《よど》んだようにも聞こえた。

木々の枝を揺らし、一陣の風が吹いてきた。軒先の安物のプラスチックの風鈴が、ちりちりという、思いがけず大きな音をたてた。

次の言葉を待ったのだが、姉は何も言わなかった。その話はそこで終わった。

その直後のことだ。どうしてなのかわからない。説明もつかない。

だが、まったく何の脈絡もなく、私は隣の家に住んでいて死んだという、お妾さんのことが頭の中いっぱいに拡がっていくのを感じた。風に乗って聞こえてくる三味線の音を聞いたように思った。通りですれ違った時に会釈してきた、うらさびしいような翳《かげ》りのある美しい顔を思い出した。

義兄の相手というのは、彼女なのかもしれない。

一瞬だが、そう思った。思ったとたん、馬鹿げた想像だとわかっていて、そんな想像を大まじめに繰り広げる自分が恐ろしくてならなくなった。

夏の光があふれる午後で、空は青く、何もかもが輝いていた。生い茂る木の葉の向こうに、空き家のまま放置されている隣家が見えていたが、それはあくまでも人の住んでいない家に過ぎず、恐ろしいこと、怯えねばならない気配など、何ひとつ漂わせてはいなかった。

死んだ女と浮気などできるはずもない。そうわかっていながら私は、あの冷たい霧雨の降る晩、会社から帰った義兄が、隣の家の敷地から出て来たことを思い出した。車の音がしてすぐだったように思ったが、それは誤りで、義兄はずいぶん前から、隣の家にいたのかもしれない。

しかし、なんのために？　そもそも鍵がかかっていて開かない空き家の中に、どうやって入るのだ。何故、そんなことをする必要がある。隣のお妾が生きていた時に、すでに義兄と秘密の関係があったというのか。彼女のもとに通ってくる男の目を盗んで？　流産したばかりの妻の目を盗んで？　会社に行くと言って、義兄が隣の家に通っていた？……馬鹿な！

私は自分がどうかしてしまったと感じた。精神の不安定な姉の相手をしている間に、こちらまでおかしくなってきたのかもしれなかった。そんな馬鹿げたことを想像するのはすぐにやめないといけない、と自分に強く言いきかせた。

姉の前で、死んだお妾の話などできるわけもなかった。隣の空き家の話も御法度だった。だから、なんとかしてその場をごまかさなければならず、私は渾身《こんしん》の想いでいやな想像を振り払った。

姉はあくびをかみ殺すような顔をしながら、ちらりと私を見た。そして、怪訝《けげん》な言い方で「おかしなみぃちゃん」と言った。「どうかした？」

「ううん、何も」と私は言い、慌てて微笑を返した。

それから一週間ほどたった日のことである。午後三時をまわったころだったか、ふいに空が黒雲で被《おお》われ、いきなりの夕立が始まった。烈しい雷雨に、大慌てで取り入れた洗濯物を室内に干し直したりなどしていたが、夕立は来た時同様、あっさりとやみ、その後、まもなく美しい夕暮れが始まった。

夕立のせいでいくらか気温が下がり、あたりには土の香り、樹液の香りが漂っていた。いつからか始まった夕焼けが、空を赤く染めたかと思うと、それはたちまち、焔《ほのお》が燃え立つような色に変わっていった。実際、怖いほどの夕焼けだった。あれほど凄《すさ》まじく赤い夕焼けは、そうそう目にできるものではない。

姉と私は、手分けして、生乾きのままだった洗濯物を再び庭の物干し竿に干し始めた。ほとんど風がなかったが、室内に干すよりも乾きが早そうだったからだ。

木々の梢から、夕立の名残の雨滴が、時折、ぽたりと小さな音をたてて地面に滴っている他は、通りの気配もなく、遠くを行き交う車やバイクの音すら聞こえず、あたりはただ、燃え立つような夕焼けに染まっているだけだった。

自分の持ち分を竿に干し終えた姉は、額に手をかざして空を見上げ、「なんだか」と言った。「気味が悪いくらいの夕焼けね」

「ほんと」と私は応《こた》えた。

姉夫婦の家の屋根も壁も窓も、庭の隅々までもが赤く染まっていた。姉の顔も赤く見えた。世界が赤い光に包まれているようだった。

姉は私よりも先に、洗濯籠《かご》を抱えながら部屋の中に戻って行った。私は残っていた洗濯物を干してしまうと、しばし、ぼんやりと空を見上げた。

不吉さを思わせる緋色《ひいろ》があたりを支配していた。音が消え、気配が消え、何もかもが緋色の中に吸い込まれてしまったかのようだった。

偶然だったのか。それとも、なるべくしてそうなったのか。

その時、私は見たのである。隣の空き家の二階の窓。そこだけ雨戸がついておらず、破れた障子が半分だけ、開いたままになっている四角い窓だった。

その窓に、空の緋色が映し出されていた。周囲の木々の梢や生い茂る緑の葉が、緋色の中に影絵のようになってわずかに揺れている、と思ったとたん、そこに人影が動いた。

窓辺に佇《たたず》んで外を見つめている、女の姿だった。着物を着ていた。色は空の緋色に染まってはっきりしなかったが、矢絣《やがすり》の模様がついた着物だった。

私は魅入られたようになって、その女を見つめた。顔がはっきり見えた。死んだお姿だった。

さびしい顔つきをしていた。何かを待っているような表情。待って待って待ちわびて、半ば以上、諦《あきら》めかけていながら、それでも待っている時のような。

私は姉の家の庭から見上げるような形をとっていたが、死んだお姿は私のほうを見てはいなかった。彼女は緋色に染まった窓の中で、時が止まったかのように静かに佇み、どことも言えない宙に視線をさまよわせているだけだった。

異形のものとわかっていながら、私はその美しさに見ほれた。歯の根が合わなくなるほど恐怖にふるえていたというのに、その恐怖は、叫びだしたくなるような種類のものではなかった。この世とあの世が束の間、行き来できるようになった時の、声に出せない恐怖、と言えばいいのか。逃げ出したくなるのではなく、その場から動けなくなるような……怖いのだが、目が吸いよせられていく、といったような、そんな恐怖だった。

死んだお妾は緋色の空を映した窓の向こうで、生前の彼女がもっていた色香を失うことなく、ぼんやりと立っていた。窓に映る木の葉の影を見間違えたのではなく、窓ガラスの汚れが、偶然、そう見えてしまったのでもない。それは木の葉の影や偶然の産物ではなかった。矢絣を着たお妾さん、いつもいつも、通って来る男を待ちわびていた、日本舞踊が得意な、美しく儚《はかな》げな女性その人であった。

時間にして数分……三、四分ほどだったと思う。家の中で、姉が何かを落とした音がしたと思ったら、その瞬間、窓の中の女はかき消えた。あとには、緋色に染まるあまり、今にも燃え出してしまいそうな四角い窓だけが残った。

「みぃちゃん、ちょっと来て！」

姉の声で私は我に返った。動きを止めてしまったかのようになっていた心臓が、急にバクバクと烈しい鼓動を打ち始めた。

「みぃちゃんてば。洗剤の缶、落っことしちゃった！　大変。片づけるの、手伝って！」

急いで家にあがり、姉を手伝って、洗面所の床いちめんにこぼれた白い洗濯用の洗剤をかき集めた。缶の中に戻した。そのために使った時間は五分程度だったろうか。

片づけ終えてから手を洗い、私が再びおそるおそる庭先に出てみると、あれほど不気味に燃え立っていた緋色の夕焼けはあらかた消えていた。代わりに深い群青色が空を支配し始めており、そんな中、数羽のトンボが庭の濡れた草の上を飛び交っているのが見えた。

隣の空き家の二階の窓には、もう何も映っていなかった。破れた障子も、もとのまま、そこにあった。

何も映っていない窓のほうが、恐ろしい感じがした。どうやれば、このことを誰にも言わずにいられるだろう、と私は思った。姉にはもちろん、義兄にも、母にも。誰にも教えてはならなかった。自分だけの胸にしまっておかねばならなかった。

空き家の二階の窓辺に立って、永遠にやって来ない待ち人を待ち続けている死んだお姿の気持ちが自分に伝わったのだ、と私は思った。なぜなのか、その理由などわからない。わかるはずもない。

だが、死んだお姿は、確かに私にだけ、その姿を見せた。そこには何か、計り知れない目的があったとしか思えない。何かを訴えたかったのか。それとも、生前のままの自分の姿を見てもらおうとしただけなのか。肉体を失ったまま、漫然と孤独に苛《さいな》まれながら、空き家をさまよっていることがさびしかったのか。理解されたかったのか。

その年の秋、姉がすっかり落ち着いた様子だったので、私は母の家に戻った。義兄は相変わらず忙しそうだったが、接待ゴルフがなくなったとかで、休日は姉とふたり、ゆっくり過ごせるようになった。

姉がめでたく妊娠した、という報告を受けたのは、年が明け、一月も半ばになったころである。妊娠三カ月に入ったばかり、とのことで、今度こそ流産しないよう、姉は細心の注意を払いつつも、喜びを隠せない様子だった。

電話口で小娘のようにはしゃいだかと思うと、「それでね」と姉は続けた。「こんな時にふってわいたような話なんだけど、三月になったら、大田区《おおた》のとってもいい社宅に空きが出るそうなのよ。浩さんも、そっちに引っ越してから出産、ということにしようか、って言ってくれて。だから、みぃちゃんにはまた、引っ越しの時にいろいろ手伝ってもらうことになると思うけど、よろしくね」

よかったね、と私は言った。姉は幸せそうだった。そんな幸せそうな声を出す姉は久しぶりだったので、ふと涙ぐみそうになった。

三月に入り、四月になって、姉が安定期に入ったころ、家の引っ越しが行われた。私は泊まりがけで手伝いに行き、姉が疲れないよう気を配った。

死んだお妾が住んでいた家は、その時もまだ、もとのまま、隣にあった。誰かが来たような気配は見られず、相変わらずほったらかしにされていた。庭は荒れ放題だった。「市川」という表札もくずれて傾き、内側を虫に食われていた。

トラックに荷物を積み、最後に家に鍵をかけて、呼んでおいたタクシーに三人で乗りこもうとした時だった。後部座席に姉が先に乗り、私は助手席に座った。姉はハンドバッグを開けて、忘れ物がないかどうか、確かめながら、タクシーの運転手と何か話していた。

見るつもりはなかった。すべて偶然だった。

義兄が、タクシーに乗る直前、ふと動きを止めたのを私は見た。車のサイドミラーにその姿が映ったからだ。

義兄は、死んだお妾が住んでいた隣の家に向かって、姿勢を正し、両手を身体の脇にぴたりとつけて、小さく一礼した。本当に小さな、素早い、目立たない一礼だった。目を凝らしてみなければわからないほどの。

その直後、後部座席の、姉の隣に乗って来た義兄は、明るい声で「さあ、出発」と言った。「でも、住みなれた家を引っ越すのは、なんだかさびしいものだね」

姉は何も言わなかった。少しでも早く、ここから立ち去りたいと言わんばかりだった。

車は静かに発進した。曇り空の拡がる春の午後だった。

その後、姉夫婦の隣の家がどうなったのかはわからない。噂も聞かない。姉も浩さんも、私の前でその話をしたことがない。お妾の話や空き家になった家の話題は、私たちの間で、ある種の禁忌になっていた感がある。

姉は、引っ越した先の大田区の産院で、まるまる太った健康な女の子を出産した。

華子《はなこ》と名付けられた。

華子は何の問題もなく、すくすくと成長した。幼いころから絵が好きで、写生大会ではいつも金賞をとるなど、才能をみせていたが、その華子が小学校三年の時に描いた一枚の絵の話をして、この物語を終えることにしよう。その絵は、小学校の教師たちに絶賛され、額装されて、校内の玄関ホールにしばらくの間、飾られていた。

鮮やかな緋色に染まった四角い枠の中にいる、ひとりの女を描いたものだった。四角い枠のまわりには、木の葉とおぼしき、幾つかの黒い葉影が模様のように散らばっていた。枠取りの中に描かれた女は、ひっつめ髪をしている。ほっそりとした女で、両目を大きく見開き、遠くの何かを見つめている。

女が着ているのが、矢絣模様の浴衣《ゆかた》のようなものだ、とわかった瞬間から、私はその絵を直視することができなくなった。そんなはずはない、偶然だ、と自分に言い聞かせながらも、あまりのことに胃が縮みあがった。

子どもは目に映ったものだけではなく、どこかで見聞きしたもの、たとえばテレビや絵本や雑誌の広告など、ありとあらゆるところから、無意識のうちに情報を仕入れる。たまたま、華子はそんな情報の中の何かを選びとり、こんな絵を描いただけなのだ。そう思いたかったし、そうするよう努力を続けてみたが、難しかった。

姉も浩さんも、その絵については何の感想ももらさなかった。きれいな絵でしょ、と言っただけだった。絵はやがて、一切、私たちの話題にはのぼらなくなり、やがて忘れられたかのようになった。

ある時……それはずっと後になり、華子が中学校三年になっていた時だったが、私は華子に訊《たず》ねた。

「華ちゃんが小学三年の時に描いた絵、あったでしょ？　先生たちにほめられて、学校の玄関ホールに飾られたことのある……。あそこに描いた女の人って、誰をモデルにしたの？」

華子はその時、そばかすの浮いた、姉によく似たきれいな顔で私をじろりと見た。

「モデルなんか、いないわ」

「じゃあ、想像で描いたの？」

「そう」

「想像にしては、とってもリアルだったわね。モデルにした人がいたのかと思ってた」

「私、モデルを使った絵なんか、描かないもの。そんなこと、したことないもの。でも、なんでそんなこと訊《き》くの？」

「ううん、別に」と私は注意深く言った。「あの女の人、どこかで見たことがあったような気がしただけ。ただの錯覚ね」

華子は黙ったまま、何も言わなかった。

その絵は、義兄の浩さんが五十歳の若さで治癒の見込みのない病気に冒され、死の床についていた時、いつのまにか処分された。

処分したのが誰だったのか、姉だったのか、華子自身だったのか、私は知らない。浩さんはあの絵が好きだった。姉はいやがっていたようだが、浩さんだけが、娘の描いたあの絵を後生大事に保管していた。保管するだけではなく、家の一番目立つところに飾ろうとするのを姉が最後まで反対し、やめさせた、と聞いている。

姉は七十四になったが、今も元気でいる。社交ダンスを始めたとかで、いっときもじっとしていない。

あんなに小さかった華子も四十五歳。静岡の優秀な開業医と結婚して、二人の息子に恵まれたが、今はもう、絵筆を握ることもなくなっている。

縁がなかったのか、私には王子様は現れず、今も独身のままだ。

母は九十九歳まで達者で生き、自宅で私と姉が見守る中、眠るように逝った。私は時々、海辺の高台にある母の墓参りに行く。そこには父も眠っている。潮の香りのする静かな墓所である。

ごくたまにではあるが、墓に手を合わせながら私は、あの、半世紀前に私が見た、さびしそうだったお妾の霊を慰めようと試みる。

どうしてそんなことをしたくなるのか、自分でもわからない。ふだんは忘れていても、時折、私の中にはあのお妾のうらさびしい顔が甦るのだ。

そして、そんな時、両親の墓のまわりには決まって、どこからか気持ちのいい乾いた風が吹いてくる。夏には見事なクロアゲハが一羽、音もなく墓と私のまわりを舞い、どこかに去っていく。秋になると、あたりいちめん、金色の銀杏《いちょう》の葉が降りつもり、何かがそこを踏みしめているかのように、かさこそとかすかな音が聞こえてくる。冬の弱々しい陽差しに包まれる季節になれば、線香の煙が冷たい空気の中にうすく立ちのぼり、さびしい木立の向こうに吸いこまれていく。吸いこまれた先の、白んだようになった冬の木陰にはそんな時、目に見えないものの気配が漂って、ふと私の動きを止める。

そんなふうにして、私はこの世とあの世を結ぶ、目に見えないつなぎ目のようなものを感じながら生きている。その中心には、いつだってあのお妾がいる。これまで起こった、いろいろなことを思い出すたびにわけがわからなくなり、何の説明もつかないことに、今も全身に鳥肌がたつほどぞっとするのだが、同時にそれはとてつもなく懐かしく、甘美ですらある。

二度と戻らない、若かったころの遠い日の情景がそこにある。私が死んで肉体が灰になれば、またあそこに戻ることができるのだろうか。燃えるような不吉な夕焼けを映した窓に、今度は私自身が映し出されるのだろうか。

解説

東　雅夫（アンソロジスト）

平成から令和へと元号が変わる節目の年となった二〇一九年――私は夏から秋にかけて、平成の三十余年間に日本で生まれた幻想と怪奇の名作短篇を、全三巻に精選収録する大がかりなアンソロジー（創元推理文庫『平成怪奇小説傑作集』）の企画編纂に携わった。

小池真理子の作品については、あれも良い、これも捨てがたい、いや、やはりあちらを……などと、さんざっぱら思い悩んだあげく（アンソロジストにとっては苦しくも至福の時）、極めつきの怪談小説「命日」を採録することに決した。果たして、ウェブ上での読者の反響を拝見していると、「命日」の抜きん出た怖さを称揚する声が多数目について、我が意を得た思いしきりであった。

この作品は雑誌発表ではなく、五人の女性作家（他の四名は坂東眞砂子、篠田節子、今邑彩、服部まゆみ……いま書きながら気づいて愕然《がくぜん》としたのだが、小池と篠田を除く三作家は、いずれも五十代で病没しているではないか。瞑目）が書き下ろした競作集『かなわぬ想い　惨劇で祝う五つの記念日』（一九九四）が、初出である。

同書は、初期の角川ホラー文庫から出た一連のオリジナル競作集の中でも、全掲載作のただならぬクオリティの点で秀抜な一冊だったが、そんな中にあっても一際《ひときわ》、忘れがたい衝撃と感銘をもたらしたのが、小池の「命日」だったのだ。

未読の方のために物語の詳細にふれることは避けるが、松葉杖をついた愛らしい少女が「よいしょ、よいしょ」と近づいてくる、ただそれだけの描写が、無慈悲で不条理な怪異の象徴として比類なき恐怖感を醸しだすとともに、やり場のない悲哀と痛恨の念をも掻《か》きたててやまない……まさに怪談文芸として非の打ちどころがない着想と構成と描写の妙！

しかしながら、小池怪談の真骨頂は、実はその先（あるいは奥もしくは底というべきか）にあった。次の引用をご覧いただきたい。

東　亡くなったお母様は、いわゆる〝視《み》える〟体質の方で、不思議な実体験も豊富だったそうですね。
小池　ええ、母の体験はずいぶん作品に使わせてもらいました。以前書いた「命日」という短篇は、高校の頃、家族と暮らしていた或る土地の社宅でのできごとをヒントにしたものです。そこはかつて脊椎カリエスで亡くなった幼いお嬢さんが療養していたという家で、母は引っ越した当初から「この家はなんとなくいやだ」と言っていました。静かな郊外に建つ、日当たりのいい平屋建ての旧い家でしたね。母があんまり気味悪がるので、結局、その家には数か月住んだだけで、また引っ越してしまいました。

これは怪談専門誌「幽」の第二十八号に掲載された、作者と私による対談記事の一節である。それによると、平成を代表する怪談の一篇となった「命日」は、かつて作者自身が実際に体験した出来事に由来するものということになる。対談をしながら、私が内心、あの光景を想起して総毛立ったことは申すまでもあるまい。よいしょ、よいしょ……。

いやはや、怪談小説の陰に怪談実話あり、とでもいうべきか。

ちなみに大正十二年（一九二三）、函館に生まれた作者の御母堂は、現世に立ち顕われる死者たちを視る能力の持ち主——作者の言葉を借りれば〈異形のもの、この世ならざるものと、何度も遭遇してしまう人〉（集英社文庫版『命日』所収のエッセイ「現世と異界——その往復」より）だったという。そして小池は、いたって日常的なお茶の間の話題の一環として、母親からナマの怪異譚の数々を聞かされて育ったそうなのである。

小池自身は、母の霊感体質をほとんど受け継いではいないと言うが、それでもある作品（『水無月の墓』所収の「私の居る場所」。神隠しの孤絶と恐怖を描いた屈指の名作である）を執筆後に奇妙な体験をしたと、インタビュー中で語っている。

雑誌の掲載時にそれ（引用者註：「私の居る場所」のこと）を母が読んで、「なんだか気持ち悪いわね」って言うのね。「どうして」って聞いたら、異界から現実に戻るときに、頭の中に古いラジオが入ってて、そのスイッチがバチンと切れるような音が実際にしたと。それは私は母からは聞いていないんですよ。母も、どう表現したらいいのか、その感覚を言葉にできなかったから言わなかったけれども、まさにそうだったと言うんですね。それを聞いて作者である私自身、ちょっとゾッとしたという後日談のある話なんですけれども。

（「幻想文学」第四十七号掲載の「新・一書一会／言葉で紡いだ異界の光景」より）

さて、ここまで延々と「命日」に関わる話題を引っぱってきたのには、無論のこと理由がある。本書『異形のものたち』の巻頭に置かれた「面」は、かつて作者自身が体験した、母そのひとの怪異に由来する作品だからである。奇しくも本書（二〇一七年十一月刊）と前後する時期に上梓《じょうし》されたエッセイ集『感傷的な午後の珈琲』（二〇一七年九月刊）収録の「死者と生者をつなぐ糸」から、少し長くなって恐縮だが、引用してみる。

十四年ほど前のことになろうか。別荘客の大半が帰ってしまい、あたりが静まり返る季節。今にも暮れようとしている、夏も終わりかけた日の六時ごろだった。別荘地の中を一人で車を運転していて、私はふいに母を見かけた。

誰もいない、近くに建物が一軒もない、あるのは夏の間、生い茂った雑草や緑濃い木立ちばかり。そんな一角の、舗装された一本道を、高齢の大柄な女性が姿勢よく軽やかな足どりで、向こうからこちらに向かって歩いて来る。

おや、こんな時間に誰だろう、別荘の人たちはみんな帰ってしまったはずなのに、と思い、通りすがりざまに何気なく顔を見た。それはまっすぐ前を向き、にこにこ笑いながらリズミカルに歩いている母だった。

だが、母はその時、横浜の自宅にいた。そんなところを一人で歩いているはずがなかった。

他人の空似、たまたま母によく似ている人が散歩していただけなのだ、と思いながら、しかし、私はどういうわけか一瞬、頭の中が空白になった。慌てて速度を落とし、バックミラーを覗いた。見通しのきく一本道には、誰もいなかった。

この短い幻視体験が、本書の「面」において、どのように活かされているか、是非じっくりと読み較べてみていただきたいと思う。怪異の核となる部分のリアリティは残しつつも、その体験から喚起される様々な過去の出来事（先に引いた神隠し時の感覚も、たいそう効果的に活かされていることに注目）を巧みに融合させ、体験者である作中の男性とその家族をめぐる葛藤や悔恨の物語を、いとも鮮やかに浮き彫りにする……小説づくりの秘鑰《ひやく》を、目の当たりする心地を覚えるに違いない。

さるにても、本書に収められた六作品の、いずれ劣らぬ充実ぶりは、どうだろう。

亡き母へ捧《ささ》げる異形の鎮魂曲《レクイエム》というべき「面」に始まり、やはり別荘地を舞台に、不運なバス転落事故で命を落とした慕わしい死者たちとの交感を、ヒロインの哀切な一人称で描く「森の奥の家」、幻想と怪奇の名匠・日影丈吉の名と作風を、ゆくりなくも連想させる、非在の場所をめぐる仄暗い物語「日影歯科医院」、そしてとりわけ、後半に配された三作品の、たたみかけるような恐怖のつるべ打ちは、出色である。

異郷から恋人を慕って来日したオーストリア人女性の執念が陰々と籠もる呪物譚「ゾフィーの手袋」、山荘の地下室に黒々と蟠《わだかま》るモノの底深く不条理な怪異を描いて全篇の白眉《はくび》と呼ぶべき傑作「山荘奇譚」、謎めいた隣家の女霊を描いて一幅の絵画のごとき美的至福へと誘う「緋色の窓」……英米の伝統的な幽霊物語《ゴーストストーリー》と日本的怪談の妙味が、まさしく渾然一体となったかのごとき幽玄な読み心地は、作者の独擅場《どくせんじょう》といえよう。

ちなみに「緋色の窓」は、幻想と怪奇の大いなる先達・泉鏡花の短篇「浅茅生」を髣髴《ほうふつ》せしめる特徴的なロケーションの、いわば「隣の幽霊屋敷」テーマとでもいうべき作品だが、思えば鏡花もまた、怪談会の席などでみずから見聞したリアル怪異体験談を、好んで作品の素材として活かした作家だった。

「文学の極意は怪談である」の名言で知られる文豪・佐藤春夫も、かつて渋谷道玄坂上にあった三階建の幽霊屋敷に、弟子の稲垣足穂らと暮らし、そこで目撃した怪異の数々を、師弟ともに作品化している（春夫の「化物屋敷」と足穂の「黒猫と女の子」）。

本書『異形のものたち』に収められた六篇の名作佳品は、そうした日本怪談文学史の良き伝統を現代に受け継ぐ、最新の達成と称して過言ではあるまい。

二〇一九年十二月　　鏡花生誕地にほど近い金沢の寓居《ぐうきょ》にて

本書は、二〇一七年十一月に小社より刊行された単行本を文庫化したものです。

異形《いぎょう》のものたち
小池真理子《こいけまりこ》

角川ホラー文庫　22010

令和2年1月25日　初版発行

発行者——郡司 聡
発　行——株式会社KADOKAWA
〒102-8177　東京都千代田区富士見2-13-3
電話 0570-002-301(ナビダイヤル)
印刷所——株式会社暁印刷
製本所——本間製本株式会社
装幀者——田島照久

●お問い合わせ
https://www.kadokawa.co.jp/（「お問い合わせ」へお進みください）
※内容によっては、お答えできない場合があります。
※サポートは日本国内のみとさせていただきます。
※Japanese text only

ISBN978-4-04-109114-2　C0193

角川文庫発刊に際して

角川源義

第二次世界大戦の敗北は、軍事力の敗北であった以上に、私たちの若い文化力の敗退であった。私たちの文化が戦争に対して如何に無力であり、単なるあだ花に過ぎなかったかを、私たちは身を以て体験し痛感した。西洋近代文化の摂取にとって、明治以後八十年の歳月は決して短かすぎたとは言えない。にもかかわらず、近代文化の伝統を確立し、自由な批判と柔軟な良識に富む文化層として自らを形成することに私たちは失敗して来た。そしてこれは、各層への文化の普及滲透を任務とする出版人の責任でもあった。

一九四五年以来、私たちは再び振出しに戻り、第一歩から踏み出すことを余儀なくされた。これは大きな不幸ではあるが、反面、これまでの混沌・未熟・歪曲の中にあった我が国の文化に秩序と確たる基礎を齎らすためには絶好の機会でもある。角川書店は、このような祖国の文化的危機にあたり、微力をも顧みず再建の礎石たるべき抱負と決意とをもって出発したが、ここに創立以来の念願を果すべく角川文庫を発刊する。これまで刊行されたあらゆる全集叢書文庫類の長所と短所とを検討し、古今東西の不朽の典籍を、良心的編集のもとに、廉価に、そして書架にふさわしい美本として、多くのひとびとに提供しようとする。しかし私たちは徒らに百科全書的な知識のジレッタントを作ることを目的とせず、あくまで祖国の文化に秩序と再建への道を示し、この文庫を角川書店の栄ある事業として、今後永久に継続発展せしめ、学芸と教養との殿堂として大成せんことを期したい。多くの読書子の愛情ある忠言と支持とによって、この希望と抱負とを完遂せしめられんことを願う。

一九四九年五月三日

懐かしい家

小池真理子怪奇幻想傑作選1

小池真理子

日常に潜む、甘美な異世界——。

夫との別居を機に、幼いころから慣れ親しんだ実家へひとり移り住んだわたし。すでに他界している両親や猫との思い出を慈《いつく》しみながら暮らしていたある日の夜、やわらかな温もりの気配を感じる。そしてわたしの前に現れたのは…（「懐かしい家」より）。生者と死者、現実と幻想の間で繰り広げられる世界を描く７つの短編に、表題の新作短編を加えた全８編を収録。妖しくも切なく美しい、珠玉の作品集・第１弾。

解説・飴村行

角川ホラー文庫

ISBN 978-4-04-149418-9

青い夜の底

小池真理子怪奇幻想傑作選2

小池真理子

あなたのそばに、寄り添うものは──。

互いが互いに溺れる日々を送っていた男と女。だが突然、女との連絡が途絶えた。シナリオライターとしての仕事にも行き詰まり、苦悩する男が路上で出会ったのは…（「青い夜の底」）。死んだ水原が、今夜もまた訪ねてきた。恐れる妻を説得し旧友をもてなすが…（「親友」）。本書のために書き下ろされた表題作を含む全8編。異界のもの、異形のものとの、どこか懐かしく甘やかな交流を綴る怪奇幻想傑作選、第2弾。解説・新保博久

角川ホラー文庫

ISBN 978-4-04-100035-9

夜市

恒川光太郎

あなたは夜市で何を買いますか？

妖怪たちが様々な品物を売る不思議な市場「夜市」。ここでは望むものが何でも手に入る。小学生の時に夜市に迷い込んだ裕司は、自分の弟と引き換えに「野球の才能」を買った。野球部のヒーローとして成長した裕司だったが、弟を売ったことに罪悪感を抱き続けてきた。そして今夜、弟を買い戻すため、裕司は再び夜市を訪れた——。奇跡的な美しさに満ちた感動のエンディング！　魂を揺さぶる、日本ホラー小説大賞受賞作。

角川ホラー文庫

ISBN 978-4-04-389201-3